THOMAS MICHALSKI
Schleier aus Schnee

Als eine junge Frau tot in einer Hütte im Wald aufgefunden wird, scheint die Liste offener Fragen kaum ein Ende zu nehmen: Wer ist sie? Warum liegt sie dort im Wald? Wer hat sie ermordet – und warum?

Schnell kommt der Verdacht auf, dass mehr hinter der Tat steckt als bloße Willkür. Als der Journalist Philipp Kreil und seine junge Kollegin Karin Weidenroh beginnen, Fragen zu stellen, stoßen sie bald schon auf ein Netzwerk aus Andeutungen und Intrigen. Doch auch dem zuständigen Kommissar Gelbach werden offenbar willentlich Steine in den Weg gelegt, denn irgendjemand möchte, dass die Sache schnell zur Ruhe kommt.

Während die ganze Stadt im Schneechaos versinkt, zeigt sich schon bald, dass noch mehr Menschen in Gefahr sind, während irgendjemand ohne Rücksicht auf Verluste versucht, ein Geheimnis zu wahren.

Führen die Spuren zur ansässigen Universität?

Oder steckt etwas ganz anderes dahinter?

Über den Autor

Thomas Michalski studierte in Aachen Germanistische und Allgemeine Literaturwissenschaft sowie Philospie.

Er hat bereits mehrere Bücher verfasst und arbeitet derzeit freiberuflich als Übersetzer, Lektor und Setzer, sowie gelegentlich als Grafiker und Fotograf.

Weitere Bücher von Thomas Michalski

Belletristik
Verfluchte Eifel
Verdorbene Asche (2016)
Weltenscherben (2016)

Sachbücher
Einfach Filme machen

Thomas Michalski

SCHLEIER AUS SCHNEE

Roman

3. Auflage
© 2015 Thomas Michalski

Texte, Satz und Umschlagsgestaltung: Thomas Michalski
Lektorat: Julia Fink, Lina Goege, Angela Trautsch
Korrektorat: Thomas Michalski, Ralf Murk
Herstellung und Verlag: BoD - Books on Demand, Norderstedt

ISBN 978-3-7386-5966-5

Bibliografische Information
der Deutschen Nationalbibliothek
Die Deutsche Nationalbibliothek verzeichnet diese Publikation in der
Deutschen Nationalbiografie; detaillierte bibliografische Daten sind im
Internet über
http://dnb.d-nb.de abrufbar.

Für meine Freunde.
Worte können euch nicht gerecht werden.

Prolog

Hatte sie dort vorne ein Licht gesehen? Sie war sich unsicher. Die Dunkelheit der Nacht, das dichte Unterholz des Waldes und der starke Schneefall, der sie unerwartet erwischt hatte, machten es schwer, mehr als die Hand vor Augen zu sehen.

Anja atmete tief durch, um sich zur Ruhe zu bringen. Ihre Freunde hatten sie gewarnt, so kurz vor dem Eintreffen eines Tiefausläufers noch zu einer Wanderung in den Wald zu fahren, aber sie hatte ihre Mahnungen in den Wind geschlagen. Unangenehm war ihr bewusst, dass sie ihre Lage selber Schuld war.

Sie zog an dem Reißverschluss ihres Anoraks, als würde ihr so irgendwie wärmer werden können, umfasste die Griffe ihre Nordic-Walking-Stöcke wieder fester und beschloss, dieser vagen Verheißung eines Lichtes in der Ferne einmal nachzugehen. Ihre Freunde hatten ja Recht gehabt. Ohne den Schneefall hätte sie vermutlich den Wanderweg auch nicht verloren und würde nun nicht, bereits tief in der Nacht, inmitten eines Waldes durch die Kälte irren.

Aber ja: Es war ein Licht! Das Wogen der Äste hatte es verraten – ein gelblicher Schein durchfuhr kurzzeitig das schier endlose Weiß um sie herum. Sie beschleunigte ihre Schritte, zumindest soweit es ihre Wanderschuhe zuließen, die mit jedem Tritt spürbar im Schnee versanken. Doch die Hoffnung, bald wenigstens eine Heizung, vielleicht sogar ein heißes Getränk vorfinden zu können, beflügelte sie.

Eine Hütte ragte dort auf, erkennbar erst nur als Schemen vor den weißverschneiten Ästen der Bäume. Ein schmaler Waldweg führte darauf zu und – ihre Hoffnung fand Erfüllung – ein warmes Licht, wie das einer Glühbirne, schien durch die Fenster hinaus in die Nacht.

Anja schaute, dass sie möglichst schnell auf den Waldweg gelangte, um zumindest beim Gehen nicht mehr bei jedem zweiten oder dritten Schritt über das Wurzelwerk zu stolpern. Ihre Schritte knarzten vernehmlich und im Licht des Hauses sah sie, wie ihr Atem mit jedem Tritt als weiße Wolke vor ihr aufstieg.

Wie lange war sie jetzt eigentlich schon hier draußen? Und wie kalt mochte es wohl sein?

Sie konnte im Inneren des Hauses nicht viel erkennen – Eisblumen entlang der Scheiben versperrten ihr jedwede Sicht. Sie trat zwei, drei Mal kräftig mit den Wanderschuhen auf der Steinplatte auf, die vor der Eingangstüre gleich einer Fußmatte in den Boden eingelassen war, um nicht zu viel Schmutz und Wasser hinein zu tragen. Dann klopfte sie.

Für einen Moment stand sie draußen in fast vollkommener Stille. Kein Wind ging, kein Rascheln ertönte im Dickicht. Der Schnee legte sich sanft und ohne Klang auf die Landschaft nieder.

Anja hob gerade zum zweiten Mal ihre Hand empor, um zu klopfen, als sie glaubte, Schritte in dem Häuschen zu hören. Schnelle Schritte. Dann erklang ein kurzes, scharrendes Geräusch. Sie zögerte, war verunsichert.

Mehr von dem Wunsch getrieben, endlich der erbarmungslosen Kälte zu entkommen, drückte sie die Klinke herunter – und die Türe sprang auf. Anja fühlte sich nicht wohl bei dem, was sie tat, fühlte sich wie eine Einbrecherin, die unbefugt in den Privatbereich fremder Leute eindringt. Aber sie wollte sich doch nur wärmen! Sie sammelte sich, klopfte noch einmal am Türrahmen, wenngleich ihre Handschuhe das Geräusch großteils verschlangen, und trat dann ein.

Der Raum vor ihr nahm in etwa die Hälfte der kleinen Hütte ein. Ein Tisch mit vier Stühlen stand in der Raummitte, eine Elektroheizung neben der Türe schenkte ihr augenblicklich die Wärme, nach der sie sich so gesehnt hatte.

Zwei weitere Türen führten zu weiteren Räumen, doch kein Mensch war zu sehen. Die ganze Einrichtung wirkte zugleich rustikal und willkürlich, das übliche Bild einer Wohnung, die jemand mit Möbeln versehen hatte, die andernorts aussortiert worden waren.

Sie zuckte zusammen, als ihr Handy mit einem leisen Glockenklang vermeldete, dass es offenbar wieder ein Netz gefunden hatte. Sie lächelte kurz – selbst wenn hier keine Gastfreundschaft zu finden war, konnte sie jetzt wenigstens ein paar Freunde anrufen und bitten, sie abzuholen. Falls sie herausfand, wo genau sie eigentlich war.

»Hallo?«, fragte sie zögerlich in den Raum hinein, ihre eigene Stimme als schrecklich fremd empfindend. »Jemand da?«

Eigentlich war die zweite Frage mehr rhetorisch gewesen, sie hatte die Schritte ja gehört, doch nun grüßte sie einzig Schweigen. Sie atmete erneut tief durch und ging dann langsam in den Raum hinein. Eine dampfende, halbvolle Tasse Tee stand auf dem Tisch, offenbar in einem kleinen Kessel auf einer portablen, elektrischen Herdplatte in der Raumecke zubereitet.

Auf eine absurde Art und Weise beruhigte sie der Tee. Für einen Moment hatte sich der Gedanke an diese Filme, in denen junge Menschen in der Wildnis stranden und dort dann von irren Waldbewohnern aufgelesen, gefoltert und getötet werden, unangenehm in ihrem Kopf ausgebreitet, aber der Tee sprach für sie dagegen. Das passte nicht.

Vorsichtig ging sie auf die rechte der beiden Türen zu, die aus dem Raum herausführten. Sie öffnete sie mit einer leichten Bewegung und fröstelte direkt, denn das große Fenster des offensichtlichen Schlafraumes, den sie hier entdeckt hatte, stand sperrangelweit offen und die kalte Nachtluft wehte, in kecker Begleitung einiger, weniger Schneeflocken herein.

Ein violetter Vorhang tanzte im Takt der Böen, sonst regte sich auch in diesem Raum nichts.

Anja trat zum Fenster, um es zu schließen, als ihr Blick neben das massive, alte Bett fiel. Mit einem Mal schien ihre Welt an Farbe zu verlieren. Zumindest alle Farben außer Rot schienen ihrer Wahrnehmung zu entschwinden, der Klang ihrer eigenen Schritte erschien ihr ebenso dumpf wie der Schrei, den sie ausstieß.

Fassungslos starrte sie auf die junge Frau, die dort, mit halb zerrissenen Kleidern, in ihrem eigenen Blut lag und sie mit toten, leeren Augen anblickte.

Tag 1

1

Waldlichter

Das rhythmische Schlagen der Scheibenwischer und das konstante Geräusch, das aus dem Zusammenwirken von Schnee und Reifen entstand, begannen langsam, zu einem Schlaflied zu werden. Müde blinzelte er in die Nacht hinaus, sah aber kaum mehr als die Schneeflocken, die direkt in das Licht seiner Scheinwerfer gerieten.

Nicht zum ersten Mal in dieser Nacht fragte sich Phillip Kreil, was er hier draußen machte. »Ein geistig gesunder Mensch wäre jetzt daheim«, murmelte er zu sich selbst.

Offenbar war er kein geistig gesunder Mensch. Ansonsten wäre er vermutlich nie Journalist geworden. Dann müsste er jetzt auch nicht, in dem, was die ersten Ausläufer des schlimmsten Schneesturms des Jahres sein dürften, seine Heimreise von einem Termin antreten. Er würde dann vermutlich gerade neben seiner Frau einschlafen – ein Gedanke, den er schnell wieder aus seinem Kopf verbannte.

Finster wanderte sein Blick zu seiner eigenen Reflexion im Rückspiegel. Das graue Haar hatte mittlerweile ohne Zweifel seinen Rückzug eingeleitet und entblößte nun langsam zu viel von seiner Stirn, als dass er sich selber noch einreden könnte, Frauen fänden das sicher sexy. In seinen Augen schien allerdings noch immer der Schalk zu sitzen und das Grinsen, was ihm dieser Gedanke auf die ausgeprägten Wangen zauberte, bestätigte diesen Eindruck nur umso mehr.

Kreil blickte kurz auf die Uhr seines Armaturenbretts und verzog wie unter Schmerzen das Gesicht. Halb fünf in der Frühe. Selbst wenn er jetzt gut durchkam, würde er vermutlich gerade noch ins Schlafzimmer gehen können, um den Wecker auszuschalten und zur Redaktion zu fahren.

Ohne hinzuschauen griff er auf seinen Beifahrersitz und führte einen der Pappbecher zu seinem Mund. Drei seiner fünf »Coffee to Go«-Becher hatte er noch übrig. Das sollte eigentlich reichen, um aus diesem verfluchten Wald herauszukommen. Er nahm einen kräftigen Schluck und war angenehm überrascht, wie warm die Brühe noch war. Der Schneesturm würde vermutlich in der Stadt erst morgen richtig losschlagen und bis dahin hatte er dann noch genug Zeit, sich mit einem guten Buch an den Ofen zu kuscheln. Oder in der Redaktion zu arbeiten. Zuhause –

Er unterbrach seinen eigenen Gedankengang. Etwas hatte seine Aufmerksamkeit erregt, auch wenn er sich teils selber wünschte, dass dem nicht so wäre. Ein Lichtschein in der Dunkelheit, flackernd und blau. Vielleicht ein Streifenwagen am Straßenrand? Ehe er sich selbst davon überzeugen konnte, dass es eigentlich dringend Zeit war, heimzufahren, ging er etwas vom Gas und schaute suchend den Streckenrand ab.

Da! Da war es wieder!

Es war nicht am Straßenrand, korrigierte er sich selbst, sondern scheinbar mitten im Wald. Neugierig suchte er das Dickicht ab, folgte mit dem Auge den Straßenpfosten, die aus dem Neuschnee aufragten und fand schnell, was er suchte. Ohne weiter auf die mahnende, innere Stimme zu hören, die ihn auf die fortgeschrittene Uhrzeit hinweisen wollte, lenkte er den Wagen auf den Waldweg und fuhr dem Lichtsignal entgegen.

Zu seiner Freude fuhr er sein Auto nirgendwo fest, sondern näherte sich dem Streifenwagen bis auf wenige Meter. »Und jetzt?«, fragte er sich selbst, mahnte sich, die Selbstgespräche bald wieder einstellen zu müssen und hatte eine Idee. Er ergriff die beiden verbleibenden Kaffeebecher und öffnete die Wagentüre.

Die langen, kalten Greifarme des Winters bahnten sich augenblicklich ihren Weg in das Innere des Fahrzeugs und Kreil sah zu, schnell die Becher auf das Wagendach zu stellen, seinen Mantel zu schließen und den Schal enger um sich zu schlingen, bevor er auch nur einen anderen Schritt tat.

Er schloss die Türe, griff sich die beiden Becher und steuerte langsam auf die Hütte zu.

Er hatte schon den Streifenwagen passiert, als dessen Türe aufflog und ein Polizist ebenfalls in die Kälte trat. Hätte Kreil raten müssen, so hätte er darauf getippt, dass der junge Mann das Heil in der Wärme des Wagens gesucht hatte und ihn jetzt erst bemerkte, als er in den Lichtkegel des Polizeiautos trat.

»Entschuldigen Sie, Sie können hier nicht einfach –«

»Schönen guten Abend. Schrecklicher Schneefall, oder?«, fiel Kreil ihm ins Wort. ‚Abend‘ war natürlich relativ, aber ‚Morgen‘ wirkte auch unpassend inmitten dieses eisigen Panoramas aus Weiß und Schwarz. Die Fröhlichkeit seiner Anrede hatte dagegen etwas Entwaffnendes.

»Ja, das sicherlich. Hören Sie, ich kann Sie nicht durchlassen, das hier ist ein Tatort.« Der junge Polizist wirkte wirklich verfroren und übernächtigt zudem. Er stellte den Kragen seiner Jacke auf und rieb sich die Hände.

»Ist Ihnen auch so kalt wie mir? Ich sage Ihnen, selbst mit der Heizung im Wagen hab ich auf der Fahrt gerade gefroren.«

»Ja … Ich muss Sie trotzdem bitten, zu gehen«, beharrte der Beamte unsicher.

»Ich sag Ihnen was«, spielte Kreil seinen Trumpf, »ich lasse Ihnen meinen Kaffee hier und bringe dem Herrn Kommissar nur schnell seinen. Danach verschwinde ich wieder.«

Das mit dem Kommissar war natürlich gepokert, aber wenn es schon ein Tatort war, war es einen Versuch wert, darauf zu spekulieren. Fast schon verzückt beobachtete er den nahezu gierigen Blick, den der junge Polizist auf einen der beiden Kaffeebecher gerichtet hat. Er zögerte – und zögerte lange genug, damit Kreil wusste, dass er gewonnen hatte. Er streckte den angestarrten Becher dem Beamten leicht entgegen. Als dieser ihn ergriff, machte der Journalist auf der Stelle kehrt und hielt auf das Haus zu, bevor der junge Mann es sich noch anders überlegte.

»Was willst du denn hier?«

Kreil schaffte es nicht einmal ganz durch die Fronttüre, als die Adleraugen Kommissar Gelbachs ihn erfassten. Der Reporter überging das »du« in den Worten des Kommissars – das genaue Maß ihrer Anrede schwankte ohnehin von Treffen zu Treffen – und er beschloss, heute höflich zu sein.

»Guten Morgen«, grüßte er. »Ich hab Ihnen Ihren Frühstückskaffee gebracht.«

Sie kannten sich und hatten zwar über die Jahre gelernt, dass es in der Natur ihrer beiden Berufe lag, dass sie sich regelmäßig in die Quere zu kommen drohten, doch diese Erkenntnis hatte Gelbach bisher nie dazu bewogen, es Kreil irgendwie leicht zu machen.

Kreil hielt dem Polizisten seinen letzten Coffee-to-Go entgegen. Gelbach trat durch den Raum herüber und nahm den Becher entgegen, doch der Blick in seinen Augen glich weiterhin einer Sammlung eisiger Nadeln. Überhaupt war Gelbach eine einprägsame Erscheinung. Ein markantes Gesicht, von einer dicken Haut eng umspannt, wache Augen und kräftige Brauen. Er war hager, doch bewegte er sich stets auf eine Art, die Kreil irgendwie an einen Habicht erinnerte. Ein Raubvogel, der ihm nun den Kaffee entriss. Dennoch gab ihm das zumindest Zeit, den Raum einmal kurz anzuschauen.

Rechteckig, die Eingangstür auf der langen Seite. An der Wand gegenüber zwei Türen, ansonsten vier Fenster an den drei Außenwänden. In der Mitte stand ein schöner, ovaler Tisch mit vier Stühlen, dazu eine Heizung und eine Herdplatte, beides elektrisch. Der Strom erschien Kreil kurios, hier, mitten im Wald, doch als er mit den Augen den Wänden folgte, entdeckte er noch zwei weitere Steckdosen. Von dort aus folgte sein Blick dem Kabel einer Mehrfachsteckdose entlang zu zwei Netzteilen, ging dann weiter deren Kabeln nach bis zu dem Tisch – und stockte. Offenbar fehlten beide Endgeräte.

»Danke für den Kaffee, Kreil«, riss ihn Gelbach aus seinen Überlegungen, »aber jetzt ist es Zeit zu gehen.«

»Was ist denn eigentlich vorgefallen?«, fragte er mit einer Unschuld, die ihm in dieser Situation schon fast absurd vorkam.

»Ich könnte Sie verhaften lassen«, fuhr Gelbach fort. »Störung einer Amtshandlung. Dann hängen sie mindestens bis morgen Vormittag fest und die Spurensicherung kann gleich in Ruhe ihre Arbeit machen.«

»Die Spurensicherung war also noch nicht hier?«

Die Augen des Polizisten verengten sich zu Schlitzen.

Schnell blickte Kreil von ihm weg, damit sein breites Grinsen den Moment nicht zerstörte. Erst als er die Mundwinkel wieder unter Kontrolle hatte, drehte er sich um und schaute erneut in die harte Miene des Kommissars.

»Geben Sie mir irgendwas, Gelbach. Meinen Sie, ich steh gerne hier mitten im Wald? Nur eine grobe Richtung.«

Er konnte sehen, wie der Kommissar scheinbar langsam im Stillen bis fünf zählte. Ein Blick zur Tür, einer zum Nebenraum, dann ein langer, langer Blick auf Kreil.

»Also gut. Mord. Junge Frau, Ende 20, Anfang 30 würde ich schätzen. Mit dem Durchwühlen ihrer Handtasche wollte ich warten, bis die Spurensicherung da ist, insofern gibt es noch keinen Namen, den ich der Presse aber ja sowieso vorenthalten würde. Es gibt Hinweise auf ein Sexualdelikt, aber das müssen mir die Pathologen sagen.«

»Wie ist sie gestorben?«

»Durch einen aufgesetzten Schuss in den Kopf.«

Kreils Augenbrauen gingen unmerklich hoch, doch Gelbach entging das nicht. Was Feinheiten betraf, so hatten sie sich nie viel getan. »Frag nicht mich«, ergänzte er, »frag den Täter.«

»Gibt es denn schon einen Hinweis darauf, wer der Täter sein könnte?«

»Ohne die Identität des Opfers ist das alles sehr spekulativ. Die Zeugin, die uns den Leichenfund gemeldet hat, hat niemanden am Tatort gesehen. Vielleicht aber gehört. Spuren rund um das Haus kann man bei dem verdammten Schneefall ja eh vergessen.«

Kreil dachte kurz nach, gelangte dann aber zu einer Entscheidung.

»Danke Gelbach, das reicht mir schon.«

Er erkannte die Verwunderung in den Zügen des Kommissars und sah, wie sie langsam Misstrauen wich. Aber, da war sich Kreil sicher, hier würde sich ohnehin nichts mehr ergeben.

Als er wieder in seinem Wagen saß und sich rückwärts seinen Weg aus dem Wald heraus ertastete, rasten seine Gedanken bereits. Sexualverbrecher erschießen ihre Opfer selten mit aufgesetzter Waffe. Welche Blockhütte im Wald hat schon sauber verlegte Steckdosen? Und was waren das für Netzstecker, deren Endgeräte fehlten? Wo waren die Endgeräte?

Er war neugierig geworden. Und er hatte auch schon eine präzise Idee, wo er morgen anfangen würde.

»Wirst den Wecker selbst ausmachen müssen …«, murmelte er, halb zu sich und halb zu seiner abwesenden Frau. Dann legt er den ersten Gang ein und fuhr langsam durch den unerbittlich fallenden Schnee der Stadtgrenze entgegen.

2

Schon die ersten Töne rissen sie aus den Träumen, aber Karin brauchte einen Moment, sich vollständig zu orientieren. Die grellen, roten Buchstaben ihres Weckers verkündeten blinkend »6:00«. Der Wecker hatte, per Zufallsverfahren, aus einer Sammlung von Liedern zu John Frusciante gegriffen, was unter den gegebenen Umständen nicht die unangenehmste Wahl war.

Karin rollte noch mal auf die Seite, versuchte sich das Kopfkissen über beide Ohren zu falten, aber die Nacht war vorbei. Es war eine dieser Morgenstunden, an denen der Weckruf einem erbarmungslos jede Chance genommen hatte, noch einmal einzuschlafen. Aber heute war das eine gute Sache. Zumindest, wenn man es objektiv betrachtete – und darauf hatte sie derzeit eigentlich keine Lust.

»Drecksbiest«, knurrte sie das kleine Plastikei an, das nun unter der Uhrzeit auch brav den Interpreten, das Lied und das Album vermeldete. »To Record Only Water for Ten Days« – irgendwie war das wirklich passend.

Murrend stieß sie die Bettdecke beiseite und schwang sich aus dem Bett. Es war kalt in ihrer neuen Wohnung. Sehr kalt. Schnell schlüpfte sie in ihre Hausschuhe und den Bademantel, um wenigstens irgendwas am Körper zu tragen, während sie sich ihren Tee vorbereitete. Sie stellte das Wasser auf, befüllte das Teeei und legte alles parat. Dann verschwand Karin erst einmal unter der Dusche.

Nach geraumer Zeit, von der sie die meiste mit dem heißen, fließenden Wasser und einen letzten Rest mit dem Kämmen ihrer langen Haare zugebracht hatte, erschien der junge Tag nicht mehr so grausam, wie es zu Beginn den

Anschein gemacht hatte. Sie schlüpfte wieder in ihren Bademantel und zog sich mit einer dampfenden Tasse und dem Teeei in den Raum zurück, der bisher lediglich durch die kleine Couch als das zukünftige Wohnzimmer ausgewiesen wurde.

Während sie dort auf ihrem kleinen Tablet die ersten News des Tages sowie die Geschehnisse seit ihrem Schlafengehen in den anderen Zeitzonen dieser Welt sondierte und sie auf die belebende Wirkung des Tees hoffte, sickerte langsam aber sicher die Nervosität durch.

Heute stand ihr erster Arbeitstag an, ihr erster Tag als feste Redakteurin der hiesigen Presse. Vorbei die Zeit als freie Mitarbeiterin, vorüber das sorgenvolle Leben von Honorar zu Honorar, von Mietzahlung zu Mietzahlung.

Noch einmal nahm sich Karin das Begrüßungsschreiben vor und las es in dem bleichen Licht der aufgehenden Sonne, die sich mühsam über die Stadt erhob. Sie würde im Lokalbetrieb arbeiten, hieß es dort, allerdings sozusagen im Prestige-Bereich. Neuigkeiten, die zwar vor allem die Region betrafen, aber groß genug waren, Recherche und Vorbereitung zu rechtfertigen. Was auch immer damit genau gemeint war.

Als sie den Brief senkte, fiel ihr Blick zum ersten Mal auf die erwachende Stadt. Sie war zwar erst seit zwei Tagen hier, aber es gefiel ihr bereits jetzt. Aus ihrer Mansarde hatte sie einen hervorragenden Blick über die vielen Altbauten, die selbst die meisten Hauptverkehrsstraßen in ein erbarmungsloses Labyrinth zu zwingen schienen. Kein Haus schien mehr als vier Stockwerke zu haben, vermutlich sogar tatsächlich per Richtlinie, um das Stadtbild zu erhalten. Den Brief unterbewusst und den Tee sehr bewusst in der Hand haltend, trat sie an die große Fensterfront, die ihr den Blick nach draußen gewährte.

Es hatte über Nacht angefangen zu schneien. Ganz sanft fielen einzelne Flöckchen an ihrem Fenster vorbei dem Boden entgegen. Die Sonne hüllte die Silhouetten der Häuser, die im sanften Morgendunst aufragten, in ein zartes, helles Rosa. Das alles verlieh der Stadt noch einmal den zusätzlichen Hauch von Idylle, der dann letztlich doch ein erstes Lächeln auf ihr schmales Gesicht zauberte.

Zehn Minuten später war Karin angezogen. Die ersten Funde, die sie in den Umzugskartons gemacht hatte, waren eine braune Cordhose und ein mit etwas gutem Willen burgunderfarben zu nennender Pullover gewesen. Nicht die typische Kleidung zum ersten Arbeitstag, das war ihr auch klar, aber auch ganz Recht. Sie hasste es, wenn sie sich äußerlich verstellen musste und so würde sie wenigstens von Anfang an mit offenen Karten spielen. Sie war weder der Typ für Hosenanzüge noch für kurze Röcke.

Aber das wussten ihre neuen Arbeitgeber vermutlich eh. Immerhin hatten die sich bei ihr gemeldet, nicht anders herum. Und vermutlich viel Zeit damit verbracht, ihren Namen in allen erdenklichen Schreibweisen durch irgendwelche Internet-Suchmaschinen zu scheuchen.

Sie klappte den Umzugskarton wieder zu, als würde das ihrer Wohnung auch nur einen Hauch zusätzlicher Ordnung verleihen können, griff ihre Schlüssel und verließ das Haus.

3

Leichen

Es war ein folgenschwerer Fehler gewesen, dämmerte es Kreil. Wieder und wieder sagte er sich, sein Glück an Automaten nicht mehr mit »Latte« zu versuchen. Doch gelegentlich überkam ihn doch wieder die Abenteuerlust und er riskierte es. Meist, wie heute, mit widerlichem Resultat.

Er ließ den halbvollen Becher in einen der Mülleimer in der Eingangshalle des Krankenhauses fallen, wanderte ohne auf die Bodenmarkierungen zu achten zu einem der Ein-Personen-Aufzüge und trat seine Reise in den Keller an.

Mit einer Geschwindigkeit, die einem das Gefühl gab, der eigene Magen rutsche die Kehle hinauf, rauschte die Kabine in die Tiefe und als sich die Türen mit einem schleifenden Geräusch öffneten, blickte Kreil auf einen kargen Gang mit einfachen, gekalkten Wänden. Aber es gab keine Besucher in diesem Teil der Pathologie, insofern sah man wohl auch keine Notwendigkeit, ihn mit Tapete oder gar Bildern zu verschönern.

Kaltes, weißes Neonlicht wies ihm den Weg und er schritt sicher auf eine der hinteren Türen zu. Er war schon öfter hier gewesen, kannte den einen oder anderen Mitarbeiter und wusste vor allem, was er an diesen Kontakten hatte.

Man sollte meinen, dass Türen zu einer Leichenhalle gesichert wären, doch die Praxis sah anders aus. Behutsam drückte Kreil die Klinke der schweren Türe herab und wappnete sich auf den unvermeidlichen Geruch.

Er hätte auch nicht gewusst, wie er den typischen Geruch einer Leichenhalle beschreiben sollte. Jeder, der einmal in einem Krankenhaus war, kannte diesen ganz klassischen Geruch der Flure dort. Jeder, der einmal einen Arzt aufgesucht hatte, verband ebenfalls für immer ein ganz bestimmtes Odeur damit. Die Pathologie war da noch einmal ganz eigen. Wer einmal dort war, vergaß dieses eigenwillige Aroma niemals, aber es schien fast unmöglich zu beschreiben. Süß, jedoch dumpf, ein wenig faul, aber ohne so gezielt den Würgereflex auszulösen, wie es etwa eine verdorbene Speise vermag.

Kreil nahm an, dass jemand, der jeden Tag in der Pathologie arbeitete, den Geruch irgendwann ausblenden konnte. Er jedenfalls konnte es nicht.

Er erspähte Dr. Norbert Hueck, den Mann, wegen dem er hier war, bevor dieser den ungebetenen Gast bemerkt hatte. Das Leichenschauhaus stand bis auf den leitenden Arzt bisher leer und Kreil sah zu, wie der Mann im weißen Kittel sich gerade interessiert mit einem Klemmbrett vor den Kühlkammern umsah.

Nach einem kleinen Moment beschloss der Journalist, durch ein leises Räuspern auf sich aufmerksam zu machen. Hueck fuhr herum, musterte seinen Gast erst erschrocken, lächelte dann zunächst erfreut, als er ihn erkannte und legte schlussendlich die Stirn in Falten, als er scheinbar ahnte, was zu dem Besuch geführt haben könnte.

Die beiden Männer gaben sich die Hand und Kreil nutzte den Augenblick, Hueck einzuschätzen. Der Gerichtsmediziner war ebenso groß wie hager und hatte dichtes, aber wirres, kurzes rotbraunes Haar. Die Brille auf seiner Nase glich den Glasbausteinen, durch die das fahle Licht des Morgens in den Raum fiel. Doch auch wenn das Augenlicht ihn nach und nach verließ, so wusste Kreil, dass sich dahinter ein wacher Geist verbarg.

»Phillip.«

»Norbert.«

»Ich darf dir nichts darüber sagen, Philipp.«

Das Gespräch nahm eindeutig nicht die Entwicklung, auf die er spekuliert hatte.

»Ich habe dir doch noch gar nicht gesagt, weshalb ich hier bin, Norbert.«

»Weibliche Person, 32 Jahre alt, gestern Nacht im Wald gefunden«, erwiderte Hueck und versuchte, ihn über die Ränder seiner Brille hinweg zu fixieren. Vermutlich eine alte Angewohnheit, schloss Kreil, denn es war offenkundig, wie schwer es dem Arzt so fiel, ihn zu fokussieren.

»Wenn du schon weißt, worum es geht«, versuchte Kreil, während sein Blick zu den Kühlkammern wanderte, »und ich eh ganz offenbar schon weiß, dass es das Opfer eines Gewaltverbrechens ist, warum ist es dann ein Problem?«

»Ich darf wirklich nichts sagen. Explizite Order von Gelbach.«

Das wiederum ließ Kreil aufhorchen. Wenn es eine explizite Schweigeanordnung von Gelbach gab, dann war an der Sache wirklich mehr dran. Denn schweigen musste Hueck an sich eh – das bedurfte keiner Anordnung. Kreil lehnte sich an eine der silberglänzenden, spiegelnden Baren, drehte seine braunen Lederschuhe spielerisch ein wenig auf den dunklen Bodenfliesen und kam zu einem Ergebnis, wie er weitermachen wollte.

»Aber du willst mir davon erzählen«, urteilte er.

»Warum sollte ich das wollen?«, fragte Hueck, offenbar etwas aus dem Konzept gebracht. Und ehrlich neugierig. »Warum sollte ich riskieren, mir hier riesigen Ärger einzuhandeln?«

»Weil du jemandem davon erzählen willst, Norbert«, erklärte Kreil und hoffte, dass er überzeugender wirkte, als er sich fühlte, während er dem Pathologen erklärte, wie er seine eigenen Gedanken zu verstehen habe. Offenbar tat er das, denn er erkannte das Zögern in Huecks Kopfschütteln.

»Du willst mir davon erzählen, weil es kein normales Gewaltverbrechen ist. Weil dich etwas stutzig macht. Weil etwas auch Gelbach stutzig gemacht hat.«

Huecks Dilemma war nur zu offensichtlich. Man sah seinen Augen das innere Ringen um die Entscheidung an und es tat Kreil ehrlich leid, ihn in diese Situation zu bringen. Aber wenn er einen Zugang haben wollte, dann über Hueck.

»Na gut!«, entfuhr es dem Leichenarzt letztlich, als sei es ein Fluch. »Aber nicht hier.«

Huecks Büro war liebevoll eingerichtet. Dunkles Holz, eine alte Bibliothekslampe anstelle der normalen Schreibtischleuchte und klassische Gemälde an den Wänden. Dies war sein Refugium und es bildete einen starken Gegenpol zu Chrom und Fliesen in kaltem Neonglanz. Der Gerichtsmediziner hatte sich einen Tee aufgegossen, Kreil aber keinen angeboten. Dieser hatte sich vorsichtig in den einzigen Besucherstuhl gesetzt und schaute erwartungsvoll dabei zu, wie der andere den Teebeutel mit großer Sorgfalt aus der Tasse hob und in einen Eimer verschwinden ließ.

»Also, Norbert?«

Der Arzt schlug eine der Akten auf seinem Schreibtisch auf. »Die Tote heißt Sonja Ahnig. Wir konnten sie anhand ihres Ausweises identifizieren. Sie wurde nicht lange vor der Fundzeit in der Hütte im Wald ermordet. Oberbekleidung und Unterwäsche wurden ihr vom Körper gerissen und es gibt Hämatome, die auf ein raues Handgemenge schließen lassen.«

»Also ein Sexualdelikt?«, fragte Kreil, doch der andere schüttelte den Kopf.

»Wenn der Täter es wollte, so hat die Zeugin ihn durch ihr Eintreffen gestört.« Er machte eine kurze Pause, bevor er fortfuhr. »Und er hatte sie zu diesem Zeitpunkt bereits erschossen.«

»Also – er prügelt sich mit ihr, reißt ihr die Klamotten vom Leib und erschießt sie dann, bevor mehr passiert?«, fasste Kreil ungläubig zusammen.

»Es wird besser. Der Täter ging methodisch vor, offenbar ruhig und zielsicher. Wir kennen das eher aus Berichten aus der ehemaligen Sowjetunion, wie im Fall Politkowskaja etwa.«

Die Wende überraschte den Reporter, doch er bejahte. »Die russische Journalistin, die vor einigen Jahren erschossen wurde?«

»Genau die. Sie wurde vermutlich durch einen Schuss in den Rücken außer Gefecht gesetzt, um dann mit einem aufgesetzten Kopfschuss endgültig getötet zu werden. Genauso hier.«

»Du sagst, diese Sonja Ahnig wurde von einem Profi erschossen.«

»Das wäre eine Schlussfolgerung, ich biete nur Fakten. Die Tatwaffe war vermutlich eine Makarow. Das lässt sich leicht anhand der speziellen Munition bestimmen, die verwendet wurde. Ich würde von den Spuren her spontan auf eine Makarow PB tippen, aber das ist jetzt Spekulation.«

Kreil saß aufrecht in dem Stuhl. Er wünschte, er könne sich sofort Notizen machen, aber er fürchtete, Hueck damit zu verschrecken. Nach einem Moment des Schweigens fragte er: »Ist das alles?«

»Alles was ich dir sagen kann. Wirklich, mehr kann auch ich mir nicht erlauben. Und jetzt entschuldige mich kurz", murmelte Hueck und schien kurz die richtigen Worte zu suchen. „Ich komme sofort wieder, hole mir nur auf dem Flur einen Kaffee.«

Mit diesen Worten verließ der Arzt das Büro. Für einen Moment sah ihm Kreil irritiert nach. Dann wanderte sein Blick zuerst zu der dampfenden Tasse Tee, die sich der Pathologe gerade erst gemacht hatte, und von dort aus weiter zu der Akte, die Hueck aufgeschlagen liegen gelassen hatte.

Er konnte ein Lächeln nicht verbergen.

4

Analyse

Als die Aufzugtüre ihm den Weg mit einem hellen Ton freigab, schloss Gelbach noch einmal die Augen und atmete tief durch. Er hatte nicht geschlafen, hatte sich auf der Fahrt ins Büro mit einem Elektrorasierer den Bart gestutzt und hoffte, dass sein Deo seine Wirkung tat. Zwar herrschten draußen nach wie vor eisige Minusgrade, doch die vielen Temperaturwechsel und die Fahrt im Auto in seinem Mantel waren nicht spurlos an dem Kommissar vorbei gegangen.

Als er die Augen öffnete, erkannte er, dass sein Wunsch nach Ruhe unerhört geblieben war. Das Büro versank in fast irrsinniger Betriebsamkeit, jeder schien mindestens vier Dinge gleichzeitig zu tun zu haben. Allen voran Marcel Ulbrich, sein immer übereifriger, viel zu junger Kollege. Nicht ohne eine gewisse Faszination beobachtete er, wie Ulbrich gerade zahllose Fotos des nächtlichen Tatorts mit bedingungsloser Akribie an einer Magnettafel anbrachte.

Er trat ein, wich einer Sekretärin aus, die mit viel zu vielen Akten auf dem Arm an ihm vorbei hinaus auf den anderen Flügel des Großraumbüros unterwegs war, und hängte seinen Mantel über seinen Bürostuhl. Danach nahm er auf dem Schreibtisch platz und wartete, dass Ulbrich sein Werk vollendet hatte.

»Das sind wirklich schöne Fotografien, Ulbrich«, sagte er schließlich, jedes einzelne der Worte überbetonend.

»Oh, danke!«, entfuhr es seinem Kollegen, die Ironie nicht spürend. »Ich habe eben mehrere Stunden —«

»Wo ist der Grundriss der Hütte?«

»Den wollte ich nachher noch anlegen. Ich —«

»Ulbrich, was soll ich mit dem schönen Foto eines Tisches – und das ist wirklich ein schönes Foto eines Tisches, so etwas gab es früher nicht – wenn ich keine Idee habe, wo dieser Tisch genau steht?«

»Ich –«

»Aber gehen wir an die Arbeit. Was haben wir?«

»Tätlicher Angriff auf eine junge Frau im Wald. Sie wurde vermutlich –«

»Ulbrich, ich war selber im Wald. Sie erinnern sich vielleicht?«

Der jüngere Polizist wurde blass. Das war, seine bleiche Hautfarbe bedenkend, sogar ungewöhnlich und Gelbach beschloss, dies als besonderes Ereignis dieses Tages zu betrachten. Als der andere nichts sagte, ergänzte er, etwas milder:

»Was haben wir, was nicht im Bericht vom Tatort steht?«

»Die Tatwaffe wie auch der Tathergang wirken am ehesten wie die Tat eines russischen Attentäters. Was natürlich an sich absurd ist.«

»Absurd, ja. Aber nicht zwingend eine kalte Spur«, erklang es aus einem der Zwischengänge, noch bevor eine breitschultrige Gestalt in den Büroteil eintrat. Gelbach lächelte. Simon Ganter war zwar mit seinen Holzfäller-Hemden und blauen Jeans so fern davon, wie ein seriöser Polizist zu wirken, wie man es sich vorstellen konnte, aber er war ein kluger Kopf. Weshalb Gelbach auch schon manchen Rüffel von ihm abgewendet hatte.

»Es ist absurd zu glauben, der SFB sei hier aktiv«, fuhr er fort. »Aber was, wenn jemand die Methoden nur kopiert. Jemand, der die Vorgehensweisen vielleicht schon mal selber mitbekommen hat, in zweiter oder dritter Instanz?«

Der Kommissar nickte zustimmend, Ulbrich schaute verwirrt. Ganter hingegen fuhr fort:

»Ich könnte mir vorstellen, dass wir unseren Täter im Umfeld der illegalen oder zweifelhaft legalen Einwanderer aus den Gebieten der ehemaligen UdSSR zu suchen haben. Flüchtlinge aus Tschetschenien oder aus der Krim-Region vielleicht.«

Erneut nickte Gelbach.

»Es ist zumindest das Beste, was wir derzeit haben, bis wir mehr Informationen aus der Pathologie bekommen. Ganter, mach dich daran, mir alle notwendigen Informationen auch zu potentiell verdächtigen Zielpersonen aus den Notunterkünften, Asylantenheimen und bekannten Gemeinden zu besorgen. Alle, die generell in das Profil eines Flüchtlings oder Sympathisanten von wahlweise KGB oder SFB passen.«

Ganter drehte auf der Stelle und stapfte wieder los.

»Kein Wort zur Presse«, fuhr Gelbach an Ulbrich gewandt fort. »Wir müssen wirklich nicht losziehen und uns ins Rampenlicht setzen, nur weil irgendein Provinzblatt nur die Hälfte versteht und meldet, wir würden unter Flüchtlingen nach Terroristen suchen.«

»Klar, Chef.«

»Und Ulbrich.«

»Ja, Chef?«

»Einen Kaffee. Schwarz.«

5

Treffen

»… ist es mir zuletzt eine Freude, Ihnen Ihre neue Kollegin vorstellen zu dürfen: Karin Weidenroh.«

Karin hatte schnell Gefallen an der sonoren, leicht nuschelnden und doch häufig irgendwie frech klingenden Redeweise ihres neuen Chefs gefunden. Als ihr Name fiel, wandte sie ihren Blick ab von dem langsam zu einer undurchdringlichen Wand heranreichenden Schneefall vor den großen Panoramafenstern des Konferenzraumes. Sie hatten die letzte halbe Stunde mit der Planung der heutigen Ausgabe verbracht, über die Vergabe von Artikeln und das tagesaktuelle Geschäft gesprochen, doch vieles davon war an Karin mangels guter Lokalkenntnisse vorbeigeweht wie die Flocken vor dem Fenster. Nun aber schien es an ihr, etwas zu sagen.

Sie blickte ihren Chef an. Alfred Forster wirkte bereits recht alt, sie schätzte ihn auf knapp über 50. Seine harten Züge zeigten tiefe Furchen und seine Haare waren lang, nach hinten gekämmt und weit fortgeschritten auf dem Weg zu ergrauen. Nun richteten sich seine erstaunlich grauen Augen auf sie.

Bevor sie jedoch die richtigen Worte fand, griff er seinen eigenen Faden wieder auf: »Sie stößt als junge, neue Angestellte zu uns. Sie hat sich in ihrer Heimatstadt als freie Mitarbeiterin ihre Sporen mehr als verdient und mit einer Artikelreihe über verschiedene Einbruchstechniken und fehlendes Risikobewusstsein in den meisten Haushalten auch überregional Aufmerksamkeit erregt. Ich bin sicher, sie wird eine gute Ergänzung unseres Teams darstellen.«

Die anderen Anwesenden, sieben an der Zahl, lächelten ihr zu und nickten freundlich. Der Altersschnitt war insgesamt eher gering und zu Karins Freude hielten sich Pullis und Sakkos in etwa die Waage.

»Ich plane, sie zusammen mit Herrn Kreil loszuschicken für die erste Zeit, damit sie sich in der neuen Stadt zurechtfinden kann. Vorausgesetzt, unser ehrenwerter Reporter besitzt die Großzügigkeit, uns heute noch mit seiner Anwesenheit zu beehren.«

Ein kurzes, sehr verhaltenes Gelächter kam auf.

»Frau Weidenroh, willkommen in der Familie.«

Da ihr neuer Arbeitskollege es offenbar nicht für nötig hielt, zur täglichen Planbesprechung da zu sein wie alle seine Kollegen, folgte Karin ihrem Chef erst einmal in sein eigenes Büro. Es war, wie eigentlich alle Büros der Zeitung, nahtlos in den Großraumalltag der Kollegen eingebettet, jedoch zu allen Seiten mit einer Glasfront separiert und erstaunlich still, wenn man die Türe geschlossen hielt.

Forster gab ihr einige kurze Informationen zur Stadt sowie ihrem Alltag dort, doch bevor er näher auf ihren neuen Kollegen eingehen konnte, traf dieser ein.

Neugierig musterte Karin den Mann. Er war ebenfalls ein gutes Stück älter als sie, jedoch jünger als Forster. Sie schätzte ihn spontan auf Anfang 40, doch hätte sie nicht darauf gewettet. Gerade sein graues, fast weißes Haar machte es unglaublich schwer, ihn einzuschätzen.

Die Art, wie er sie musterte, hatte etwas Schelmisches an sich.

Auch Forster lächelte, jedoch wirkte dies bei ihm bitterer.

»Unglaublich. Ich hatte schon Sorge, du hättest vergessen, wo dein Arbeitsplatz noch mal liegt.

»Ich war bereits arbeiten, Alfred«, konterte der Mann, der demnach wohl Kreil war.

»Ach, ich nehme an, dann bist du hier, um dich in den Feierabend abzumelden.«

»Ja, nimm zur Not einfach einen meiner alten Artikel. Merkt eh keiner, solange die Fußballtabelle aktuell ist.«

Karin konnte die Stimmungslage der beiden nicht einschätzen. Sie mochte Kreils Art, auch wenn sie selber unsicher war, woher das kam. Aber irgendwie schaffte er es, mit seiner Ausstrahlung einen Eindruck aufzuwiegen, der andernfalls vermutlich nur anmaßend gewirkt hätte.

»Du warst schon arbeiten, sagst du?«, fragte Forster nun, Kreil nickte. »Was hast du?«

»Mord an einer jungen Frau, 32 Jahre alt. Wurde gestern Nacht tot in einer Hütte im Wald gefunden.«

»Warum ist es eine Story?« Forster lehnte sich zurück, faltete die Hände in seinem Schoß.

»Es gibt sporadische Indizien, die auf ein Sexualdelikt hinzuweisen scheinen, jedoch deuten die genaueren Umstände der Tat eher auf einen professionellen Mord hin.«

Skeptisch hob Forster die ausgeprägten Augenbrauen.

»Du weißt schon, dass wir bei einem Verbrechen normalerweise auf die Berichte der Pressestelle der Polizei warten, Phillip?«

»Gelbach hat offenbar so ziemlich jeden, der in Frage kam, explizit angewiesen, mit absolut niemandem über die Tat zu sprechen.«

»Wir können der Polizei aber wohl schlecht pauschal Vertuschung unterstellen.«

Karin beschloss, dass ihre Zeit gekommen war. Sie mischte sich mit einem leichten Räuspern ein: »Wir müssen der Polizei aber ja auch gar keine Vertuschung vorwerfen, sondern nur Geheimhaltung annehmen. Und was langweilig und uninteressant ist, das muss man nicht geheim halten.«

Zwei Augenpaare richteten sich auf sie. Forsters Blick war schwer zu deuten, aber drückte vermutlich vor allem Skepsis aus. Kreils Blick dagegen wirkte nahezu amüsiert. Erst jetzt fielen ihr die Falten auf, die sich zusammen mit leichten Augenringen in seinem Gesicht abzeichneten. Viel geschlafen hatte der Mann vermutlich nicht.

»Die junge Frau, die mir hier so wortgewandt in die Flanke fällt,« führte Forster trocken aus, »ist unsere neue Mitarbeiterin Karin Weidenroh.«

Sie gaben sich die Hand.

»Ich hatte darüber nachgedacht, Karin dir an die Seite zu stellen, Phillip. Wenn du dich echt an diesen Mord hängen möchtest, wird das natürlich ein harter Einstieg.«

»Ich komme damit klar«, versicherte Karin.

»Sie kommt damit klar«, grinste Kreil.

Forster blickte Karin noch einmal an, nickte schließlich aber.

»Dann kommen Sie auch«, forderte Kreil dann und wandte sich bereits zum Gehen.

»Phillip«, stoppte der Chefredakteur ihn noch einmal. »Morgen um diese Zeit kannst du mir sagen, weshalb das Ganze eine Story ist, die sich zu drucken lohnt. Ohne Spekulationen. Alles klar?«

»Jawohl«, erwiderte er mit offensichtlich gespieltem, militärischem Zack. Er nickte Karin noch einmal zu, warf sich seinen weißen Schal über die Schulter und rauschte zur Türe heraus.

Nach einem letzten, prüfenden Blick auf ihren neuen Chef folgte Karin ihm.

Der Wagen war bereits nach der Viertelstunde, die er maximal vor dem Redaktionsgebäude gestanden hatte, von einer feinen, weißen Schicht bedeckt. Es waren noch nicht viele Leute heute in das Gebäude hinein- oder hinausgegangen. Nur vereinzelte Spuren im Schnee verliefen auf eigenwilligen Bahnen durch die weiße Decke.

Er hielt ihr die Beifahrertüre auf, ehe sie etwas dagegen tun konnte. Sie mochte diese kleinen Gesten zwar, aber hatte sich andererseits immer einen Spaß daraus gemacht, es den Männern durch kleine Vermeidungsstrategien nicht zu einfach zu machen. Sie würde sich ab jetzt mehr Mühe geben müssen.

Nachdem er den Schnee von den Scheiben geschoben hatte, ließ er sich neben ihr in den Wagen fallen, erweckte den leise brummenden Motor zum Leben und lenkte das Auto vorsichtig vom Parkplatz herunter. Die Straßen waren mittlerweile genug befahren worden, um den Neuschnee zu einer festen Masse zu komprimieren, die Räumfahrzeuge waren aber offensichtlich noch nicht im Dienst.

Vielleicht handhabe man das in der Stadt ja irgendwie anders, schloss Karin. Ansonsten steuerten sie vermutlich auf ein schweres Schneechaos hin.

6

Fakten

Kreil lenkte seinen Wagen vorsichtig auf den Außenring. Der Schneefall schien in nächster Zeit nicht nachzulassen und er sah bereits die ersten Wagen bedrohlich rutschen. Er hasste diese Stadt für ihre fast schon konsequente Verweigerungshaltung gegenüber vernünftigen Winterreifen oder einem ordentlichen Streudienst.

Er konnte Karins fragende Blicke auf sich spüren, aber offenbar traute sich seine neue Kollegin noch nicht, ihrerseits die Stille zu durchbrechen. Die Fahrt war lang genug, also ließ er es drauf ankommen.

Es dauerte drei Ampelphasen, bis sie das Wort ergriff.

»Die Leute hier können nicht bei Schnee fahren, oder?«

»Gut erkannt. Sie sind nicht von hier?«

»Nein, gerade erst zugezogen«, erklärte sie, schien das aber nicht weiter diskutieren zu wollen.

»Und was bewegt eine hübsche junge Frau dazu, sich einer Branche zuzuwenden, in der die Nachrichten von gestern auf Fischeinwickelpapier gedruckt und verkauft werden?«

»Weil es eh schon zu wenig Leute gibt, die den Job noch ordentlich machen wollen«, sagte sie, nachdem sie einen Moment überlegt hatte. Und dann, nachgeschoben: »Wohin fahren wir?«

»Garbenheim. Ein kleiner Vorort im Süden der Stadt. Zwar liegt die Hütte, in der die Tote gefunden wurde, nicht im Verwaltungsbereich Garbenheim, aber dort sind die letzten Geschäfte, wenn man aus der Stadt kommt. Irgendwoher muss sie das Essen gehabt haben, das vor Ort gefunden wurde. Mein Tipp: Garbenheim.«

Zeitweise wirkte der Außenring mehr wie eine beliebige Straße einer mittelgroßen Stadt, doch langsam wandelte sich das Bild. Er gewann an Spuren dazu und die Häuser der Innenstadt wichen zurück, um vereinzelten, grünen Flecken Platz zu machen. Auch wenn diese, ob des Wetters, langsam in einheitlichem Weiß versanken.

»Sie haben mehr als nur die Geheimhaltung seitens der Polizei.« Diesmal stellte sie keine Frage. Er konnte sich ein zufriedenes Lächeln nicht verkneifen.

»Am Tatort wurden Ladekabel gefunden, allerdings ohne die Endgeräte«, erklärte er. »In der Akte steht, dass das eine zu einem Smartphone gehören soll, während das andere zu einem sogenannten ›Ultrabook‹ gehört habe, was wohl eine Art sehr flacher, moderner Laptop ist.«

Er warf ihr einen kurzen Seitenblick zu. Ihre Augenbrauen, die eine ganz neckische Spitze bildeten, wenn sie so wie gerade im Moment hochgezogen wurden, verrieten ihm, dass er sich gerade als jemand entlarvt hatte, der mit Technik nicht viel anfangen konnte. Kreil fühlte sich spontan sehr alt.

»Sie meinen«, fragte Karin nach, »dass jemand die Geräte geklaut hat?«

»Ja, und das Geld ließ er da. Das war keine Gelegenheitstat, behaupte ich.«

»Und die Todesart?«

»Sie wurde mit einer Makarow PB erschossen, heißt es.«

»Ach ja, das erklärt ja alles«, spottete Karin, für die es offenbar gar nichts erklärte.

»Pardon. Die PB ist offenbar bei den Al'Fa- und Vympel-Abteilungen des FSB, vorher des KGB, sehr beliebt, ist aber auch bei anderen Gruppen üblich.«

»Zu Deutsch?«

»Russischer Geheimdienst. Könnte aber auch jeder andere sein.«

Kurz berichtete er ihr auch von dem vermuteten Tathergang, so, wie er es in der Pathologie erklärt bekommen hatte. Er ließ es sich nicht nehmen, Huecks Exkurs über den Fall Politkowskaja zu übernehmen.

»Das ist eine Menge, was Sie Forster nicht gesagt haben«, schloss sie.

Kreil nickte zuerst nur. »Schon richtig, aber er braucht die Details noch nicht. Das macht ihn nur nervöser.«

»Was meinen Sie mit ›nervös‹?«, hakte sie nach. Kreil gefiel das, sie achtete auf Details.

»Forster war mal ein echt scharfer Hund, müssen Sie wissen. Aber der Chef-Posten bedeutet auch, dass er sein Jagdrevier gegen eine Arena getauscht hat, in der vor allem politisches Säbelfechten stattfindet.«

»Warum sagen Sie es mir?«, fragte sie weiter.

»Weil Sie gefragt haben«, antwortete er lakonisch.

Wieder schwiegen sie einen Moment. Eine Böe drückte gegen den Wagen und schob ihn leicht der Leitplanke entgegen, aber Kreil verstand es, in der Spur zu bleiben. Auf der Gegenfahrbahn krachte es leise und bei zwei Wagen auf der anderen Seite der Leitplanke ging die Warnblinkanlage an. Sicher nicht der erste Blechschaden des noch jungen Tages.

Karins Geist hatte derweil offenbar die neuen Fakten sortiert und sie wollte gerade zur nächsten Frage ansetzen, als etwas ihre Aufmerksamkeit auf sich zog. Die mittlerweile bewaldete Landschaft brach noch einmal auf und gab den Blick frei auf einen ganzen Gebäudekomplex aus Glas und Stahl, offenbar brandneu und architektonisch mehr als beeindruckend. Kreil ahnte, was sie sich fragte, und kam ihr zuvor: »Universitätsgebäude. Die meisten davon liegen in der Innenstadt, aber es wird zunehmend ausgegliedert. Die hier sind so neu, wie sie aussehen. Aber die Universität versteht es mittlerweile meisterhaft, sich überall dort, wo sie hin möchte, in ein Nest aus Geld zu betten.«

»Ist weit draußen für die Studenten …«

»Hier wird nicht studiert, denke ich. Ich nehme an, hier forscht man. ›AnthroLogics‹ nennen die das – Mensch und Maschine in Interaktion oder so. Aber die Uni heute ist nicht mehr die, die ich kennengelernt habe.«

»Sie haben hier studiert?«

»So etwas in der Art«, erwiderte Kreil, als wäre es eine Pointe, und wechselte das Thema. »Die Waldhütte selbst gehört einem Manfred Herrmann. Der ist allerdings auf einmal nicht zu erreichen, soweit das bisher herauszukriegen war, genauso wie seine Beziehung zur Toten noch im Raum steht.«

Während sie sich ihrem Ziel langsam näherten, beobachtete Kreil, wie Karin ihr Handy zückte – ein schlankes Stück Technik aus mattem Aluminium mit riesigem Display. Geschwind begannen ihre Finger, in Mustern über das Glas zu huschen.

Er blinkte, bog ab und gemeinsam passierten sie ein leicht angerostetes, krummes Ortsschild: ›Garbenheim‹ lag vor ihnen.

»Nach Herrmann können Sie sich ja auch mal hier erkundigen, vielleicht kennt den ja jemand«, fuhr er fort.

»Kommen Sie nicht mit?«, wunderte sich Karin, doch er schüttelte den Kopf.

»Nein, ich gehe derweil einer anderen Spur nach.«

»Sie sagen mir also auch nicht alles.«

»Sie haben nicht weiter gefragt«, meinte er, schelmisch lächelnd. Ehe sie etwas antworten konnte, fügte er hinzu: »In der Mappe unter dem Fahrersitz ist die Kopie eines Fotos von Herrmann.«

Etwas irritiert beobachtete er, wie Karin das Foto auf das Armaturenbrett legte und dann mit etwas verglich, was sie auf ihrem Handy aufgerufen hatte.

Technik.

»Ja, das ist er«, sagte sie schließlich. Kreil blickte sie irritiert an, und sie erklärte es lächelnd: »Wir leben in der Zukunft. Fast jeder ist bei Facebook. Herrmann auch, sehen Sie?«

Sie zeigte ihm das Foto, und ja, tatsächlich, das war der Mann von dem Foto aus der Akte.

»Und noch was«, fuhr sie fort, die Augen auf das Handy gerichtet. »In einer Beziehung mit Sonja Ahnig‹.«

»Ach schau mal an«, grinste Kreil vor sich hin. »So langsam wird ein Schuh draus. Und wir sind da.«

Er brachte den Wagen auf einem kleinen Parkplatz zum Halt. Unzufrieden bemerkte Kreil, dass sein Bremsweg bereits jetzt spürbar länger war und dachte mit Unwillen an die Fahrt zurück und wieder her, die er nun vor sich hatte.

Karin schien auch nicht so begeistert zu sein, inmitten eines Schneesturmes jetzt auf die Suche nach der Nadel im Heuhaufen zu gehen, aber sie beschwerte sich auch nicht. Kreil war sich noch unsicher, ob er das gut oder schlecht fand.

Sie tauschten ihre Handynummern aus, dann Karin öffnete die Wagentüre mit einem dumpfen, leisen Geräusch und trat hinaus in die Kälte. Sie wandte sich zurück in den Innenraum.

»Holen Sie mich wieder ab?«

»Ja, ich komme direkt nach meinem Termin wieder her.«

Sie nickte und wollte schon gehen, doch er zeigte mit einem leichten Winken, dass er noch etwas ergänzen wolle. Als sie sich wieder vorbeugte, meinte er: »Zwei Dinge noch. Zum einen: Ich bin Phillip, alles andere ist mir zu formell.«

Und tatsächlich lächelte sie. Es war ein charmantes, das ganze Gesicht einnehmendes Lächeln. Unglaublich charmant sogar.

»Karin.«

»Und zum anderen noch was zum nachdenken, Karin: Glaubst du eigentlich an den Mond?«

Kreil freute sich über ihren absolut fassungslosen Gesichtsausdruck, als sie irritiert die Türe zuwarf, lächelte einmal mehr breit und brachte den Wagen, mehr schlecht als Recht, wieder vom ungeräumten Parkplatz auf die schlecht geräumte Straße, zurück Richtung Stadt.

7

Sturmfront

»Unsere Zielperson heißt Miroslav Bresicz.«

Gelbach stoppte seine knappe Ansprache, als der Fahrer des Wagens kurz die Sirene einschaltete, um über eine rote Ampel zu fahren. Nachdem das Martinshorn wieder dem monotonen Raunen gewichen war, mit dem der Motor des Einsatzwagens den Innenraum füllte, fuhr er fort.

»Miroslav Bresicz. Er ist vor einem Jahr nach Deutschland gekommen, ist allerdings in der DDR aufgewachsen und spricht daher fließend und akzentfrei Deutsch. Er ist 1987 nach Russland gegangen und scheint sich, soweit wir das wissen und vor allem seinen eigenen Angaben gemäß, mehr schlecht als Recht in Moskau und später Sankt Petersburg durchgeschlagen zu haben. Die Älteren unter Ihnen erinnern sich vielleicht noch, dass die Stadt damals noch Leningrad hieß.«

Pflichtschuldig nickten die fünf viel zu jungen Augenpaare, die anonym unter den Sturmhauben hervorragten.

»Bresicz hat Russland vor drei Jahren verlassen müssen, nachdem er durch die Teilnahme an zu vielen regierungsfeindlichen Kundgebungen zu oft im falschen Rampenlicht gestanden hat. Er ist Mitte 30, rasiert sich den Schädel meistens glatt, wurde aber auch schon mit kurzen, braunen Haaren gesehen. Die Russen wollen ihn nicht wieder, wir wollen ihn nicht haben, also sitzt Bresicz, den es irgendwie in unsere schöne Stadt verschlagen hat, seither in den Notunterkünften ein.«

Erneut nickte sein junges Sturmkommando.

»Noch einmal: Der junge Mann ist unsere Zielperson, weil er in das Raster passt. Er ist nicht überführt, geschweige denn nach klassischer Methodik als ›verdächtig‹ zu verstehen.« Gelbach blickt seine Leute kurz einen nach dem anderen an. »Aber er passt als einziger in unserer ach so klugen Datenbank zum Profil, ohne ein offensichtliches Alibi zu haben. Denkt daran, wenn ihr den Kerl verhaftet.«

Gelbach beugte sich zu Ganter herüber.

»Warum genau gibt man mir ein fünfköpfiges Sturmkommando mit, wenn ich um einen Hausdurchsuchungsbefehl beim Chef frage?«, erkundigte er sich, mehr rhetorisch.

»Ich habe keine Ahnung«, murmelte Ganter zurück. »Müssen wir irgendein Budget im Kampf gegen den internationalen Terrorismus noch schnell vor Neujahr loswerden, damit wir es im nächsten Haushaltsplan wieder zugewiesen bekommen?«

Die beiden Männer grinsten sich an, dann wurde es ernst. Der Schnee knarzte unter den Rädern und sie alle spürten, wie der Wagen noch ein gutes Stück rutschte, nachdem der Fahrer auf die Bremse getreten war. Der vorderste Mann vom Sondereinsatzkommando riss die Seitentüre des Busses auf und eisig kalter Wind sowie einige Schneeflocken flogen ihnen entgegen. Ulbrich fluchte leise und wischte sich über seine Brille.

Die fünf SEK-Männer verließen den Wagen zuerst, sicherten sich gegenseitig und vollführten eine Art tödliches Ballett, wie sie umeinander kreisend auf den Haupteingang des Asylheimes zuhielten. »Außenwohnanlage«, nannte man das derzeit, politisch korrekt und voll versteckter Bitterkeit.

Gelbach, Ulbrich und Ganter folgten ihnen in gebührlichem Abstand. Das Wetter war nicht besser geworden und offenbar hatte niemand Muße gehabt, den Hof zu räumen, weshalb sie durch hohen, frischen Schnee stapfen mussten. Immerhin hinterließ das SEK eine bequeme Schneise.

Im Schatten einer Mülltone entdeckte Gelbach einige nur leicht eingeschneite Bierflaschen. Neben einer Schaukel, die sie passierten, fiel ihm eine offenbar ebenfalls erst kurz hier liegende Spritze ins Auge. Was ein Elend.

Das Kommando hatte das Gebäude mittlerweile betreten und war vor einer Wohnungstüre im Erdgeschoss in Position gegangen.

»Aufmachen, Polizei!«, verkündete einer von ihnen und hämmerte gegen die Türe. Nichts, Stille. Eine Türe, zwei Wohnungen weiter, wurde einen Spalt weit geöffnet und direkt wieder zugeschlagen. Der Gang war erfüllt von einem widerwärtigen Geruch, irgendwo zwischen Urin und Schimmel. Einst hatte man wohl versucht, ihn farbenfroh zu streichen, doch was blieb waren schale Farben und blätternder Putz. Dann ging in der Wohnung vor ihnen die Klospülung. Direkt zwei Mal hintereinander.

Gelbach schaltete schnell.

»Zugriff!«, raunte er seinem Sturmkommando zu, rannte aber selber den Flur entlang zur Hintertüre des Gebäudes. Ganter wandte sich derweil mit einem trüben Lächeln an Ulbrich und murmelte: »Da geht es hin, das Rauschgift, wegen dem wir gar nicht hier sind. Mit der Rohrpost direkt zu den Stadtwerken.«

Gelbach flog regelrecht durch die Hintertüre ins Freie. Ein verschneiter Sportplatz. Eisige Kälte fraß sich sofort in sein Gesicht. Er wollte den Mantel schließen, doch er kam nicht dazu. Etwa zehn Meter neben ihm sprang ein junger Mann aus einem Fenster, rutschte zwar ein Stück auf dem weißen Untergrund, rannte dann jedoch sofort los.

Gelbach sprintete ebenfalls. Der andere, kahl geschoren und nur in einen Jogginganzug gehüllt, war jedoch schnell. Mit großen Sätzen passierte er die beiden Basketballkörbe, kreuzte über die Laufbahn und hielt auf den Zaun zu, der das Gelände umgab. Gelbachs Mantel schlug hinter ihm wie eine Flagge im Wind, die Augen tränten ihm vor Kälte und doch begann er, durch den Lauf wieder zu schwitzen. Entgeistert beobachtete er, wie der andere mit wenigen Sätzen den Maschendrahtzaun überwand und auf der anderen Seite in der Hocke im Schnee landete. Mehr schlecht als Recht tat es ihm der Kommissar gleich und war schon froh, nicht zu stürzen, als er sich auf der anderen Seite herunter ließ.

Er hörte, dass Ulbrich irgendetwas vom Haus aus hinter ihm herrief, doch wollte er seine Augen nicht von dem Fliehenden im Schneegestöber lassen. Der hatte bereits wieder seine volle Geschwindigkeit erreicht und hielt nun auf die Straße zu, die offenbar am Ende der kleinen Wiese lag, auf der sie nun beide rannten. Die Fahrbahn wurde allerdings auch nur durch das einsame Schild einer kleinen Bushaltestelle verraten, das den Anblick der scheinbar ewig weißen Ebene durchbrach.

Gelbach hätte seine Waffe ziehen können, doch hätte er, derart außer Puste, bei dem Wetter und auf die Entfernung, eh keinen sicheren Schuss abgeben können. Wenn der andere ihr Mann war, dann wusste der das ohnehin. Wenn nicht, dann war es im Grunde auch egal.

Vermutlich wäre der andere ihm entkommen. Während Gelbach bereits dem Ende seiner Kräfte näher kam, flog der andere nach wie vor über den Schnee hinweg wie ein junger Vogel mit Rückenwind. Doch das Glück war dem Kommissar wohlgesonnen.

Kurz vor der Querstraße sackte der Fliehende plötzlich kurz ein – und Gelbach sah warum. Offenbar kreuzte ein kleiner Fluss oder ein offener Kanal die Wiese, in den der andere im Schneetreiben geradewegs gerannt war. Ob nun durch die Kälte, das Wasser, den Schreck über das Abrutschen oder eine Verstauchung, der Verdächtige hatte erheblich an Tempo verloren und gab Gelbach so die Chance, aufzuholen.

Er erreichte den anderen kurz vor dem Haltestellenschild. Die Spiele leid, nutzte der Kommissar seinen Schwung und die nunmehr höhere Geschwindigkeit und rannte dem anderen mehr oder weniger ungebremst in die Seite. Dieser stürzte, schlug im Fall, begleitet von einem dumpfen Klingen, mit dem Brustkorb gegen das eiserne Rohr des Haltestellenschildes und stürzte, schwer atmend, in den Schnee.

Gelbach ließ sich mehr oder weniger kontrolliert auf den anderen fallen, stemmte ihm seine Knie in den Rücken und kam erst mal selber wieder zu Atem.

Sein Bauchgefühl stellte sich als guter Ratgeber heraus. Während das SEK eifrig vier weitere, kahl geschorene Männer festgenommen hatte, erwies sich der Verdächtige, der sich auf der Flucht den Fuß verstaucht und eine ordentliche Rippenprellung zugezogen hatte, als Miroslav Bresicz.

Man hatte die anderen vier rund um das Klo der Wohnung aufgegriffen, wo sie gerade eine letzte Tüte mit weißem Pulver der Spülung übergeben wollten. Zumindest die Festnahme war damit vorerst kein Problem mehr.

Doch während Gelbach den Notarzt überredete, zuerst nach Bresicz und dann nach ihm zu schauen, wurde er das ungute Gefühl nicht los, dass er gerade mit wehendem Mantel in die falsche Richtung unterwegs war.

8

Eisgänger

Fassungslos sah Karin die Rücklichter des Wagens im Schneetreiben verschwinden. Ob sie an den Mond glaube? Kreil erfüllte für sie ein Klischee – entweder er war wahnsinnig, oder ein Genie. Allerdings fürchtete sie, dass sie ihn nicht verstehen würde, gleich welche der beiden Varianten es war.

Langsam wanderte ihr Blick über den verschneiten Vorort. Garbenheim war bei weitem nicht so malerisch, wie sie es erhofft hatte. Zahlreiche kleine Baustellen zerpflügten die Hauptstraße sowie auch, soweit sie es sehen konnte, mehrere Nebenstraßen. Die Ampeln waren entweder regulär abgeschaltet oder aber derzeit ausgefallen. Die einzigen Lichter in der Trübe des dunkel bewölkten Himmels, die sie derzeit sehen konnte, waren zahlreiche Baustellenampeln entlang der Straße, die alle unabhängig voneinander und völlig asynchron in einem grellen Gelb aufflammten und verloschen.

Der Schneefall hatte nachgelassen und war einem allgegenwärtigen Schneegriesel gewichen, was es aber nur unwesentlich angenehmer machte. Karin fühlte sich ein wenig an eine Westernstadt erinnert, mit Schneeböen anstelle des aufgewirbelten Staubes. Wie sollte sie hier jemanden finden, bei diesem Wetter, um diese Uhrzeit, dem sie eine Frage stellen konnte?

Aber in diesem Wetter nur herumzustehen war ohnehin keine Alternative, ihr wurde jetzt bereits wieder kalt, also begann sie, die breite Hauptstraße einmal talwärts zu wandern. Dafür, dass die Innenstadt nahezu flach war, überraschte sie hier, wie hügelig das Umland zu sein schien. Die Straße war erstaunlich breit. Entweder sie war zweispurig oder es gab eine separate Fahrbahn für Busse, das konnte sie durch den Schnee nicht erkennen. Irgendwo bellte ein Hund, eine Ampel klapperte im Wind und einmal passierte sie ein Auto, das sich in Schrittgeschwindigkeit und teils mit durchdrehenden Rädern bergauf arbeitete. Sonst aber herrschte Stille und langsam begann sie, Garbenheim als sehr ungastlichen Ort zu sehen.

Der Schnee klammerte sich an ihre Stiefel und allmählich begannen ihre Wangen leicht im Wind zu schmerzen. Kreil sammelte nicht gerade Pluspunkte in diesem Moment. Sie erreichte den tiefsten Punkt der Straße und begann, wieder bergauf zu stapfen, als ihr Blick an etwas haften blieb: Irgendetwas erhellte den fallenden Schnee.

In einer Seitenstraße lag eine Tankstelle, halb verschneit und in einem unauffälligen Dunkelgrün gehalten. Auf dem typischen Dach, wie es irgendwie fast immer über Zapfsäulen angelegt zu werden schien, war in großen, flackernden Buchstaben das Wort »TANK N« zu lesen – das E schien defekt. Aber wenn dort Licht brannte, schloss Karin, musste dort auch jemand arbeiten. Das war ein Strohhalm, aber immerhin etwas, an das sie sich klammern konnte.

Die Tankstelle selber war gebaut auf eine Weise, die Karin irgendwie froh sein ließ, zu Fuß zu sein. Die Fläche zwischen den Zapfsäulen hatte Gefälle zum Gebäude hin, die Straße hingegen Gefälle vom Gebäude weg. Und während das Baukommando diesen Teil des Vorortes schon hinter sich gelassen hatte, schmiegte sich an den offenbar ganz neu angelegten und ordentlich gestreuten Bürgersteig ein schier verwüsteter, schlecht geteerter Hof an.

Die aus Beton gegossene und teils vor Kälte gesprungene Treppe hinein in die Tankstelle war spiegelglatt und nur ein beherzter Griff zum Geländer bewahrte Karin davor, unsanft zu Boden zu gehen. Sie konnte nichts im Inneren erkennen, die Scheiben waren vollständig beschlagen, doch kaum, dass sie durch die ächzende, automatische Türe trat, war sie froh drum, dem Licht gefolgt zu sein. Denn im Inneren war es warm. Ohne groß nachzudenken griff sie sich einen Schokoriegel und ging zum Verkaufstresen herüber. Der Tankwart war etwa in ihrem Alter, offenbar südländischer Abstammung und durchaus nett anzusehen. Er wies dieses ganz gewisse Charisma auf und blickte sie unter seinen schwarzen Locken freundlich an.

Er nahm den Riegel entgegen, scannte seinen Preis und warf ihr einen überaus charmanten, fragenden Blick zu. Aber damit alleine war Karin noch nicht zufrieden

»Ich suche nach einem Bekannten von mir. Vielleicht können Sie mir helfen?«

»Worum geht es denn?«, fragte der Tankwart und brach durch seinen lokalen, rheinisch anmutenden Dialekt in gewisser Weise mit allen südländischen Illusionen.

Karin zog ihr Handy hervor und rief Herrmanns Bild auf, schenkte dabei ihrem Gegenüber aber etwas, von dem sie hoffte, dass er es als zweideutiges Lächeln akzeptieren würde und meinte nur: »Ist was Privates.«

Der Tankwart reichte ihr den Riegel und schaute dabei auf ihr Smartphone. Dann lächelte er.

»Ja, den kenne ich. Ist in den vergangenen Wochen hier häufiger vorbeigekommen.«

Auf ihren nun neugierigen Blick hin fuhr er fort. »Na ja, haben nie viel geredet, er hat immer getankt, ein, zwei Fertiggerichte gekauft und ist weitergefahren. Stadtauswärts.«

Karin lächelte breit, bedankte sich und verschwand, ein, zwei weitere obskure Andeutungen machend aus der Tankstelle.

Er war also regelmäßig hier vorbeigekommen und hatte noch Besorgungen gemacht, bevor er weiter aus der Stadt herausfuhr. Vielleicht war es ein purer Zufall, aber der Gedanke erschien Karin schon geradezu albern. Er hatte Vorräte gekauft und war mit denen in seine Hütte gefahren. Die Hütte, in der zu der Zeit Sonja lebte.

Sie gab es nur zögernd zu, aber Kreils Instinkt schien nicht verfehlt gewesen zu sein.

Ihn per Handy zu erreichen gab Karin hingegen schnell auf – das Unwetter schien auch zu Lasten des Telefonnetzes zu gehen.

Neu motiviert machte sie sich auf, sich noch etwas weiter in Garbenheim umzuschauen.

9

Die Fahrt zum Universitätsgebäude war ungemütlich, aber Kreil kannte die Strecke gut genug, um auch bei Schnee und Eis dorthin zu finden. Auch Karin hatte er nicht alles gesagt. Ein Mitarbeiterausweis verriet, dass die Tote eine Angestellte der Universität war. Kreil wunderte sich selbst ein wenig über seinen Instinkt, doch bevor er Karin davon erzählte, musste er sich einfach selbst ein Bild machen.

Er stellte seinen Wagen auf dem Mitarbeiterparkplatz ab und stapfte durch den Schnee zum Eingang des Gebäudes. Die Fahrt her hatte schon weitaus länger gedauert als die Fahrt nach Garbenheim.

Die Tage waren derzeit ohnehin kurz, aber so langsam wurde Kreil klar, dass er mit den Fahrten nach Garbenheim mehr oder weniger den gesamten Tag füllen würde. Gerne hätte er Karin angerufen und sie gewarnt, dass es etwas länger dauern könnte, bis er sie wieder einsammeln würde, aber auch er musste feststellen, dass derzeit das Handynetz ausgelastet war.

Das neue Verwaltungsgebäude hatte wenig mit dem alten Bauwerk zu tun, an das er sich erinnerte. Sehr viel Glas, viele gerade Linien, eine Illusion von Transparenz. Die einzelnen Etagen jeweils in leicht anderem Winkel aufeinander gesetzt, sodass es aussah, als habe ein irrer Architekt jede Etage von oben gesehen um ein paar Grad gedreht. Sehr futuristisch, aber auch irgendwie irritierend.

Er trat durch die Eingangstüre in den Rezeptionsbereich und genoss das Gefühl, wie warme Luft oberhalb des Durchgangs wenigstens den ärgsten Schnee von ihm pustete. Er schlenderte zu dem Eingangsschalter, der so gestaltet war, dass man den Eindruck bekam, er bestünde nur aus dünnen Holzlamellen, und lächelte den jungen Mann dahinter an. Der erwiderte dies daraufhin pflichtschuldig.

»Wunderschönen guten Tag«, versuchte Kreil es, doch der andere schaute ihn nur genervt unter seiner vor Gel glänzenden Frisur an. Der Blick gewann eher noch an Skepsis, als er Namen und Arbeitgeber nannte.

»Und was führt Sie her, Herr Kreil?«

»Wäre jemand von der Personalabteilung zu sprechen?«

»Es ist schon recht spät«, erklärte der andere fast monoton, nur um nach einer kleinen Kunstpause erneut zu ergänzen: »Herr Kreil.«

»Ich wäre nicht hier, wenn es nicht eilig wäre. Ist Frau Hagen wohl zu sprechen?«

Der Mann am Tresen seufzte, wohl um zum Ausdruck zu bringen, wie sehr ihn alleine diese Nachfrage schon strapazierte. Er blickte kurz auf etwas, was durch die Lamellen vor Kreils Blick verborgen wurde, sah dann auf und eröffnete: »Ich bin untröstlich, aber Frau Hagen ist derzeit in Konferenzsaal 4 und wird dort wohl –«

»Ich danke Ihnen«, fiel Kreil ihm ins Wort und verschwand im seitlich gelegenen Treppenhaus, bevor der Mann vorne auch nur den reinen Affront verdaut hatte, den dieses Verhalten darstellte.

Obwohl Kreil das Gebäude nicht kannte, war der Konferenzsaal leicht zu finden. Es hatten viele lokale Firmen offenbar ein Interesse daran gehabt, als Sponsoren auf den kleinen Wegweiser-Schildern aufzutauchen und ganz offenbar hatte man in der Verwaltung daher beschlossen, aber auch wirklich jeden nur erdenklichen Weg ordentlich auszuschildern.

Nun, Kreil wollte nicht meckern. Er passierte nicht enden wollende Kunstdrucke diverser mehr oder minder berühmter Gemälde und blieb einmal ganz stehen – ein großes Foto schien einen großen Grubenbagger zu zeigen, der in einer riesigen Staubwolke verschwand, was sich dem Journalisten aber auch erst nach längerem Starren erschloss –, doch erreichte er letztlich den Konferenzraum.

Er klopfte und trat ein, ohne auf Antwort zu warten.

Eine Reihe gediegener Gestalten blickten irritiert in seine Richtung und beantworteten sein breites Lächeln mit finsterer, unbewegter Miene.

»Oh, entschuldigen Sie die Störung«, sagte er. Noch immer starrten sie. Das war eindeutig nicht sein Tag. »Frau Hagen?«

Eine Frau, grob in Kreils Alter, aber durch ihr schmales Gesicht und die strengen Züge mit dem Charme einer Gouvernante leicht für älter zu halten, erhob sich, blickte entschuldigend in die Runde und trat dann mit ihm gemeinsam auf den Flur.

»Herr Kreil«, sie musterte ihn von oben bis unten, »was führt Sie denn her?«

»Ich hätte ein paar Fragen an Sie, Frau Hagen.«

»An mich?« Skepsis füllte ihren Blick.

»Sie sind doch, soweit ich das weiß, noch immer Leiterin der Personalverwaltung, richtig?«

Die Skepsis machte etwas Platz, was Kreil fast gewillt gewesen wäre, Abscheu zu nennen.

»Wir haben Geschäftszeiten«, mahnte sie ihn.

»Das weiß ich.«

»Offenbar nicht, denn derzeit liegen wir weit außerhalb.«

»Kommen Sie«, sagte er und setzte sein freundlichstes Lächeln auf, jedoch vergebens. »Es geht um eine junge Frau Sonja Ahnig, sie war hier angestellt.«

»Wir kommentieren keine ehemaligen Angestellten.« Sie blickte ihn verkniffen und mit zusammengepressten Lippen an, aber Kreil konnte nicht abschätzen, ob dies überhaupt mit der Frage zu tun hatte.

»War Frau Ahnig denn noch in irgendeiner Form mit der Universität verbunden?«

»Wir kommentieren auch keine laufenden Interna, Herr Kreil.«

»Welche Position hat oder hatte Frau Ahnig denn inne?«

»Herr Kreil, Stellendetails besprechen wir auch nicht mit Außenstehenden. Einen schönen Abend.«

Mit diesen Worten machte sie kehrt und verschwand wieder in dem Konferenzraum. Kreil seufzte, fuhr sich durch das graue Haar und machte sich wieder auf den Weg herab zum Verwaltungstresen.

»Ich könnte die Haussicherheit rufen«, eröffnete der Frontmann das Gespräch, kaum dass Kreil das Treppenhaus wieder verlassen hatte. Der Journalist war sich unsicher, ob der Pförtner dies im Zweifel nötig hätte. Mit seinem offenkundig athletischen Körperbau und seinen hohen Wangenknochen stellte er nicht nur ein beachtliches Sinnbild dieser sich neu und modern gebenden Institution dar, er wäre vermutlich auch gut in der Lage, einen Störenfried achtkantig vor die Türe zu setzen. Dennoch amüsierte Kreil die Verwirrung des besseren Pförtners, als er nicht direkt auf den Ausgang zuhielt, sondern erneut zu seinem unwilligen Gesprächspartner herüber kam.

»Josef Vogel«, kam er ohne Umschweife zum Punkt, »ist der im Haus?«

»Noch mal kriegen Sie mich nicht mit so einem Bauerntrick!«, giftete der andere, aber Kreil schenkte ihm neuerlich ein Lächeln.

»Ich mach Ihnen einen Vorschlag«, unterbreitete er, »Sie rufen bei Herrn Vogel an und sagen ihm, wer da ist. Dass ich ihn gerne jetzt sprechen möchte. Und dann tue ich artig, was er sagt. Wenn er will, dass ich gehe, bin ich raus, bevor der Hörer wieder auf der Station liegt.«

Der Mann begann zu wählen und gab, nachdem Kreil ihm erneut seinen Namen gesagt hatte, die Information an das andere Ende der Leitung weiter. Kreils Freude wuchs erneut, als der Pförtner ihn mit eindeutiger Verwunderung dann in die weiteren Tiefen des Gebäudes verwies.

Kurz darauf stand er in einem Flur, in dem man noch riechen konnte, wie frisch die Holzverkleidung an den Wänden war, und klopfte an der Türe des Raumes 2.11 an. »Josef Vogel – Personalvertretung«, stand in glänzenden, weißen Buchstaben darauf.

Er folgte der Aufforderung, einzutreten und schloss die Türe hinter sich. Der Mann ihm gegenüber blickte zuerst müde hinter dem Flachbildschirm auf, doch dann erschien langsam ein Lächeln rund um seinen Dreitagebart.

»Phillip!«

»Josef!«

Sie schüttelten sich herzlich die Hände und setzten sich dann gegenüber an dem Schreibtisch nieder.

»Das muss ja eine Ewigkeit her sein!«

»Zwölf Jahre, Josef, zwölf Jahre.« Kreil ließ sich in den gepolsterten Stuhl zurücksinken und sah sich um. Alles sehr ordentlich, sehr neu und offenbar auch eher mit großzügigem Budget eingekauft. Der Ledergeruch der Sitzpolster des Stuhles stand noch gut wahrnehmbar in der Luft.

»So also haust man, wenn man mit verbliebenen Studiengebühren und Industrieförderung bauen kann«, witzelte Kreil, erntete aber einen wesentlich finstereren Blick, als er das erwartet hatte. Beschwichtigend hob er die Hände. »Ich wünschte, ich hätte so ein Büro.«

»Was führt dich her, Phillip?«

»Sonja Ahnig.«

»Da bist du etwas spät, die arbeitet hier nicht mehr.«

»Sie ist tot«, versetzte Kreil.

Vogel schwieg einen langen Moment.

»Wie?«, frage er dann.

»Mord, in einer Hütte im Wald.«

»Und was führt dich her?«

Kreil griff in seine Jackentasche und zog eine sauber gefaltete Kopie ihres Universitätsausweises hervor.

»Das hier führte mich zur Uni, und ich dachte, bevor ich mit einem Pressesprecher rede, der ihren Namen bestenfalls eben erst nachgeschlagen hat, frage ich doch lieber einfach meinen alten Studienkollegen.«

Er verschwieg ihm, dass er es zuerst an anderer Stelle versucht hatte. Er war sich nicht mal sicher, warum er nicht direkt hergekommen war. Doch Vogel schien dennoch nicht gewillt, auf die »alte Freunde«-Schiene einzusteigen.

»Ein Studienkollege, der zum Glück in der Personalabteilung sitzt. Zwölf Jahre nichts von dir gehört, aber für so etwas bin ich dir gut genug, ja?« Josefs Tonfall war plötzlich bitter geworden.

»Du hattest meine Nummer ebenso wie ich deine Nummer hatte«, suchte Kreil die Flucht nach vorne. »Und es geht hier ja nicht nur um irgendeine Story. Die Frau ist tot und die Polizei wirft ein allgemeines Redeverbot über alle Abteilungen. Das riecht doch nach irgendeinem unlauteren Geschäft.«

Er sah es hinter Josefs Augen arbeiten. Aber er kannte ihn und er wusste, dass er eigentlich auf seine Hilfe zählen konnte. Genauso wie er wusste, dass er sie nicht verdient hatte.

»Also?«, fragte er schließlich.

»Ja gut«, lenkte Josef ein. »Was musst du wissen?«

»Sie arbeitet hier nicht mehr?«

»Nein, ihr Vertrag ist vor einigen Monaten ausgelaufen, wenn ich das noch richtig weiß. Sie war als Hilfskraft eingestellt mit einem jeweils befristeten Vertrag und die Chefetage hat wohl beschlossen, dass man ihre Stelle entweder nicht mehr braucht oder aber anderweitig besser besetzen könne.«

»Und das weißt du einfach so auswendig?«, horchte Kreil nach.

»Sie war ziemlich aufgebracht und es gab ein Memo, dass ich den Chef rufen solle, wenn sie käme.«

»Kam sie vorbei?«

»Nein, zumindest nicht bei mir.«

Kreil ließ seinen Blick aus dem Fenster des Büros schweifen. Neben den Gebäuden auf dem teilweise erst jüngst erweiterten Campus-Gelände konnte er kaum etwas erkennen. Dichte, weiße Schneeflocken vor grauem Himmel verwandelten die Welt in eine obskure, farblose Fläche. Ein Eindruck, der von der Heizungswärme des Büros nur umso bizarrer gemacht wurde.

Letztlich war Josef es, dem die Stille zuerst unangenehm wurde.

»Hier wird in letzter Zeit einiges umgestellt und angepasst, Phillip. Die Universität ist nicht mehr, was sie mal war. Und Leute, die gut in das alte Bild passten, sind im neuen nicht mehr unbedingt willkommen. Insofern hat es in allen Dekanatsbereichen Entlassungen gegeben. Dein Mordopfer hier stellt da keine Ausnahme dar.«

»Sie war 32, Josef. Kein Fossil, dass du im Zuge der Reform endlich mal in seinen jetzt schon zu spät eintretenden Ruhestand schickst, sondern eine junge, moderne Frau.«

»Worauf willst du hinaus?«, fragte Josef.

Kreil stand auf, nahm die Kopie des Ausweises wieder an sich und schüttelte den Kopf.

»Ich weiß es nicht. Aber wenn ich es weiß, lasse ich es dich wissen. Das werden wohl nicht meine letzten Fragen gewesen sein.«

Er reichte seinem alten Freund die Hand, drehte um und ging zur Türe.

Er hatte die Klinke schon in der Hand, als Josef noch etwas sagte:

»Die guten Leute sind eh schon alle gegangen.«

10

Miroslav Bresicz war kein schöner Mann. Aber er hatte Ausstrahlung, das musste man ihm zugestehen. Seine muskulöse, breitschultrige Erscheinung gab ihm eine gewisse Autorität, die kleinen Narben in seinem Gesicht zeugten hingegen davon, dass er nicht immer nur Sonnenschein im Leben gehabt hatte.

Als Gelbach den Raum betrat und der Russe ihn sah, rieb er sich unwillkürlich den Brustkorb und wandte den Blick ab. Gelbach drehte sich den Stuhl und nahm, die Lehne voran, dem anderen gegenüber Platz.

»Bullenschwein«, fauchte Bresicz.

»Es ist nicht sonderlich klug, den einzigen Mann zu beleidigen, der hier in dem Haus offenbar an deine Unschuld glauben könnte«, erklärte Gelbach geduldig.

»Ist nicht klug, jemandem, mit dem du reden willst, zuerst die Rippen zu brechen«, konterte der andere.

»Ich habe mit dem Arzt gesprochen, die sind nicht gebrochen, sondern geprellt. Und es ist niemals eine kluge Idee, vor der Polizei wegzulaufen«, belehrte ihn der Kommissar.

»Hey, ist nicht klug, Verhör in einem Haus, in dem Flüchtlinge sitzen, damit zu eröffnen, dass man SEK durch die Fronttüre jagt.«

Gelbach stimmte dem Mann insgeheim zu und beschloss, seinen Chef darauf später anzusprechen. Doch das war nicht der Moment für Verbrüderung.

»Es ist auch nicht klug, mehrere Beutel Kokain durch die Klospülung zu jagen, wenn die Polizei durch die Türe kommt.«

»Mit Koks hab ich nichts zu schaffen! Das waren andere Jungs.«

»Siehst du«, sagte Gelbach lächelnd, »und darum sitze ich hier mit dir und führe dieses nette Gespräch, während deine Freunde bereits verarbeitet und weggesperrt sind.«

Gelbach beobachtete neugierig die Reaktion des anderen. Man konnte ihm ansehen, dass er dem Kommissar gerne glauben, dass er eine Chance wollte, aus diesem Raum herauszukommen, aber dass er sich andererseits auch keinen Illusionen hingeben wollte. Fast schmollend wandte der Russe seinen Blick ab.

»Pass auf, Bresicz. Die Statistiker sagen, dass du der wahrscheinlichste Kandidat bist, um Sonja Ahnig vergangene Nacht ermordet zu haben.«

»Wen?« Er legte die Stirn in Falten und schien im Gesicht des Kommissars einen Hinweis zu suchen, worum es eigentlich ging.

»Aber ich bin altertümlich. Mir ist doch erst mal egal, warum du rein statistisch gesehen der wahrscheinlichste Kandidat bist. Ich sehe kein Motiv, wir haben nichts bei dir gefunden, was vom Tatort stammen könnte und Koks hat mit der Sache auch nichts zu tun. Aber du musst mit mir reden.«

»Ich hab niemanden umgebracht.«

»Wer dann?«, schoss Gelbach ins Blaue.

»Was?«

»Wenn du jemanden umbringen wolltest, an wen würdest du dich wenden? Wer ist ein Profi für so etwas? Kennst du einen Namen?«

»Ich hab nichts mit Mord zu tun, Mann!«, brüllte Bresicz.

Als Gelbach eine halbe Stunde später die Metalltüre zum Verhörzimmer hinter sich schloss, war er keinen Meter weiter voran als noch zuvor. Wenn es nach ihm ginge, war Bresicz nicht ihr Mann. Zweifelsohne nicht unschuldig, aber er konnte gar keine Verbindung zu Ahnig ziehen und die lockeren Verbindungen zwischen der Tatmethode, dem russischen Geheimdienst und Bresicz waren so dünn, dass sie normalerweise nicht mal für einen Durchsuchungsbefehl ausreichen würden.

Genervt lehnte er sich in den Aufzug, drückte den notwendigen Knopf und massierte seine geschlossenen Augen, während die Kabine mit einem schleifenden Geräusch in die Höhe stieg. Ihr Großraumbüro lag bereits im Halbdunkeln, nur die Feierabend-Beleuchtung war an. Offenbar hatten alle Ermittler schon den Weg heim gesucht. Gelbach grauste bereits davor, sich durch den Schnee arbeiten zu müssen. Eine Putzfrau arbeitete sich gerade den Hauptgang zwischen den Arbeitsbereichen entlang. Er zwängte sich an ihr und ihrem Putzwagen vorbei zu seinem Stuhl, ließ sich darauf fallen und schloss für einen langen Moment die Augen. Das war nicht sein Tag und die Welt wäre besser, wenn dies nicht sein Fall wäre.

Als er die Augen langsam wieder öffnete, entdeckte er zwei gelbe Post-It-Zettel an seinem alten Röhrenbildschirm. Der erste war von Ganter:

‚Die Tote hatte einen Freund. Manfred Herrmann. Ist allerdings wie vom Erdboden verschluckt. Finde, hier bewirbt sich wer um den ersten Platz bei den Verdächtigen.‘

Gelbach grinste. Vielleicht war das ja doch noch eine Spur, mit der man arbeiten konnte. Dann wanderten seine Augen weiter auf den zweiten Zettel. Ulbrichs Handschrift.

‚Inspektionsleiter Lörner war hier, um zur Verhaftung des russischen Terroristen und Mörders Miroslav Bresicz zu gratulieren.‘

Gelbach schaute einen langen Moment darauf, dann rupfte den Zettel herunter, zerknüllte ihn und warf das Papier in einem hohen Bogen dem Mülleimer entgegen. Es prallte vom Rand ab und landete daneben. Die Putzfrau blickte ihn missbilligend an.

Langsam schloss Gelbach seine Augen wieder.

11

Mondlicht

Karins Ohren schmerzten vor Kälte, ihre Nase fühlte sich taub an und sie war sich unsicher, ob sie ihre Zehen noch bewegen konnte, als Kreils Wagen endlich wieder die Straße entlanggefahren kam. Es war viel Zeit vergangen, aber zumindest war sie nicht verschwendet gewesen.

Sie hatte noch mit weiteren Bewohnern des Ortes sprechen können und nur sehr wenige waren tatsächlich auf Manfred Herrmann aufmerksam geworden. Jene aber, denen das Gesicht etwas sagte, berichteten alle, dass der Mann in letzter Zeit ungewohnt oft seine Ferienhütte im Wald besucht habe und auf dem Weg dorthin durch Garbenheim gefahren sei. Sonja hingegen hatte niemand vor Ort je gesehen.

Als sie in den Wagen stieg, schlug ihr die trockene Heizungsluft wuchtvoll entgegen und sie brauchte eine Weile, um sich – die Hände in den fingerlosen Handschuhen am Gebläse des Autos wärmend – von der Kälte draußen zu erholen.

Der anfrierende Schnee schrammte hörbar über den Unterboden des Fahrzeugs, als Kreil es vorsichtig von dem Parkplatz auf die Fahrbahn lenkte. Gemeinsam traten sie zunächst schweigend die Rückfahrt in die Stadt an.

Diese Fahrt gestaltete sich weit schwieriger, als sie vermutet hatten. Der zunehmende Wind und der anhaltende Schneefall, zusammen mit den fallenden Temperaturen, machten aus der Wegstrecke zunehmend eine Tortur.

Das gab ihnen aber zumindest die Zeit, sich auszutauschen. Kreil lauschte interessiert und aufmerksam, was Karin in Garbenheim erfahren hatte und lobte sie anschließend auch für ihren Einsatz, bevor er selber in kurzen Worten zusammenfasste, was er von Vogel gehört hatte. Wenn Karin sich daran störte, dass er Kerninformationen für sich behalten hatte, als er sie in der Kälte aussetzte, so zeigte sie es nicht.

Die trübe Dämmerung war bereits einer ehrlichen dunklen Nacht gewichen, als sie den Außenring der Stadt wieder erreichten.

»Die Universität entlässt Ahnig, weil sie nicht mehr in das moderne Bild der Hochschule passt, ja?«, resümierte Kreil anschließend. »Daraufhin zieht sie sich mit einem Laptop in die Waldhütte ihres Freundes zurück, der sie mit allem Notwendigen versorgt, aber niemandem sagt, dass sie dort ist. Auch sie zeigt sich im Grunde nirgends, taucht gewissermaßen unter. Und dann wird sie ermordet und ihr Laptop gestohlen. Außerdem ist Herrmann offenbar auf den üblichen Kanälen nicht zu erreichen.«

»Du hattest Recht«, stimmte Karin ihm zu. »Das ist die Recherche wert. Das wird Forster auch so sehen, oder?«

»Nicht ohne Beweise. Aber nicht mehr heute. Ich bin froh, wenn ich dem Wetter entkommen kann. Heute tut sich da ohnehin nichts mehr.«

Neugierig musterte Karin ihren Kollegen. Sie konnte den Finger nicht darauf legen, aber da gab es viel, was er ihr nicht erzählte. Und noch mehr, an dem er sie einfach vorbeilenkte.

»Wartet daheim jemand auf dich, Phillip?«, fragte sie.

»Meine Frau ist daheim«, sagte er und schwieg dann wieder einen Moment. »Kann ich dich zuhause absetzen?«

Den Rest der Strecke bestritten sie weiter schweigend. Auch wenn Kreils Gesichtszüge von diesem schelmenhaften Lächeln umgeben waren – er wirkte nachdenklicher auf sie, als er es noch am Vormittag getan hatte. Schließlich hielten sie direkt vor ihrer Haustüre an. Die Umgebung hatte etwas gespenstiges, erhellt von wenigen, gelblichen Straßenlampen und dem Schneegestöber, in dem das Licht ganz wunderlich verzerrt wurde.

Für einen Moment saßen sie nur beieinander.

»Mach dir einen gemütlichen Abend, Karin«, sagte Kreil schließlich. »Wer weiß, wie viele davon wir ab jetzt bekommen.«

»Kann ich dir noch einen Kaffee anbieten?«, fragte sie. Er schien einen Moment nachzudenken und musterte sie kurz, bevor er den Kopf schüttelte.

»Meine Frau. Ich sollte heim.«

Gemeinsam schwiegen sie lächelnd einen weiteren Moment. Dann griff sie zur Tür.

»Wir sehen uns dann morgen«, verabschiedete er sich.

»Phillip?«

»Ja?«

»Warum der Mond?«

Ihr Kollege lachte, blickte kurz herauf zu den Wolken, die schemenhaft am Nachthimmel zu erkennen waren, dann wieder zu ihr.

»Glaubst du an den Mond?«, fragte er erneut.

»Natürlich. Warum sollte ich nicht?« entgegnete sie.

»Ja, warum eigentlich nicht? Alle Fakten sprechen dafür, nicht? Man kann ihn aus der Ferne sehen, kann seine Krater erahnen, er ist verlässlich jede Nacht am Himmel, manchmal nur hinter den Wolken verborgen. Und wir wissen, wenn wir uns dafür interessieren, dass der Mond einen mittleren Durchmesser von 3476 km hat und 30 Erddurchmesser von unserem blauen Planeten entfernt seine Kreise zieht. Richtig?«

»Ich denke schon«, antwortete Karin zögerlich. Sie sah ihm sofort an, dass das die Antwort war, die er hatte hören wollen.

»Nur – woher wissen wir, dass das wirklich so ist? Du warst nicht auf dem Mond, ich war es auch nicht. Ich bin auch weder Mathematiker noch Astronom, ich hab nur ein gutes Zahlengedächtnis. Aber wir glauben der Wissenschaft – und wir tun das gerne. Wir mögen Antworten, besonders jene, die man uns auch noch gibt. Jene, die wir nicht mal selber suchen müssen.«

Karin beschaute ihn neugierig, durchaus fasziniert.

»Wir kriegen dauernd derartige Antworten präsentiert, auf Fragen die wir stellen und auf solche, von denen wir gar nicht wussten, dass es sie gibt. Naheliegende Antworten, deren Wahrheit sich auf den ersten Blick erschließt, als habe der Beweis die ganze Zeit vor uns am Himmel gestanden. Aber manchmal ist es vermutlich gar nicht so dumm, einfach mal nicht an den Mond zu glauben und zu schauen, wohin einen das führt.«

Sie nickte, langsam verstehend worum es ihm ging. Dann verabschiedete sie sich noch einmal, stieg aus, lief durch das Unwetter zur Haustüre und floh hinein in die Wärme.

Karin beendete ihren Tag in der Badewanne. Ein Luxus, den die neue Wohnung mit sich brachte. Sie genoss das Gefühl, ihren Körper langsam in das heiße Wasser einsinken zu lassen. Mit einem Glas Rotwein in der Hand lag sie dort, beobachtete den Dampf, der vom Wasser und ihrem daraus hervorragenden Bein in die Höhe stieg und dachte noch lange über den Mond nach.

Tag 2

12

Familienbande

Es gab Momente, da hasste Kreil sein Leben. Dieser Morgen war einer davon.

Dass ihn irgendjemand aus dem Schlaf rüttelte, war eine Sache.

Dass er zu sich kam mit dem Kopf auf der Tastatur und diesem unangenehmen, dreckigen Gefühl, in dieser Haltung und in seiner Kleidung offenbar die Nacht an seinem Schreibtisch verbracht zu haben, machte es nicht besser.

Dass derjenige aber, der an ihm rüttelte, offenbar sein Chef war, vermieste ihm den Morgen endgültig.

»Wir hatten mal einen hier«, erklärte Forster scheinbar beiläufig, »der hat sich irgendwann ein Feldbett mit zur Arbeit gebracht, um auch wirkliche jede Chance nutzen zu können, hier bis tief in die Nacht zu arbeiten.«

Kreil rieb sich durch das Gesicht, bemühte sich, wach und klar zu werden. Ohne eine Chance, es unauffällig zu tun, rieb er sich den Speichel ab, der sich in seinem Mundwinkel gesammelt hat. Er mühte sich, eine spitzfindige Antwort zu geben, aber für den entscheidenden Moment verweigerte sein sonst so verlässlicher Zynismus den Dienst.

»Was hält Veronika eigentlich von deinen Nachtschichten?«

»Sie wusste, denke ich, was sie sich da anlacht, als sie sich für einen Journalisten entscheiden hat«, murmelte Kreil und ließ seinen Nacken knacken. Wo steckte nur gerade seine Schlagfertigkeit?

»Ist das der Grund, weshalb du auch seit Tagen nicht zuhause warst?«

Überrascht blickte Kreil seinen Chef an. Forster fuhr fort: »Ja, sie hat mich angerufen. Gefragt, ob ich wüsste, wie es dir geht, ob alles in Ordnung sei.«

»Und?«

»Ich habe ihr gesagt, dass du derzeit sehr viel arbeiten würdest.«

»Danke.«

»Das heißt nicht, dass sie das so in Ordnung findet. Was sie auch ziemlich klar und deutlich gesagt hat. Mit anderen Worten, aber inhaltlich war es das.«

»Trotzdem danke«, betonte Kreil noch einmal.

»Sie ist deine Frau, verdammt noch mal!«, knurrte Forster.

»Das wird schon wieder.«

»Die ganze Ahnig-Geschichte«, hakte Forster nach. »Das ist aber nicht nur alles hier Scharade, damit du eine Ausrede hast, nicht heim zu müssen, oder?«

Kreil schüttelte den Kopf.

»Gut. Wenn wir uns hier schon alle aus dem Fenster lehnen, dann wäre es nett, wenn es wenigstens einen guten Grund gibt.«

Forster lächelte bitter, schritt, als ob er erst jetzt bemerken würde, dass Kreil wohl noch einen Moment gebrauchen konnte, davon und verschwand in seinem Büro.

Kreil weckte den Monitor aus dem Ruhezustand. Er hatte einen Großteil der Nacht mit Recherche verbracht – und nicht vergebens. Mit ausreichender Geduld hatte auch er es geschafft, das Gerät so lange zu schütteln, bis es einige Informationen ausspuckte.

Nachdem er sich halbwegs in Form gebracht hatte, wählte er Karins Nummer und schaltete den Lautsprecher an. Überaus erfreut stellte er fest, dass sie schon beim zweiten Klingeln am Apparat war und wach klang.

»Kreil hier. Ich hab was für uns, denke ich.«

»Morgen«, grüßte sie und konnte ein Gähnen doch nicht ganz unterdrücken, »ich war auch schon fleißig. Aber du zuerst.«

»Ich hab in unserem Archiv nachgeschaut. Tatsächlich lässt sich Herrmann so finden – und nicht nur das.«

Karin war ganz Ohr und so berichtete Kreil: Nach wie vor war Herrmann offenbar unter keiner der bekannten Nummern zu erreichen. Aber der Freund der Toten hatte eine Stiefschwester; Corinna Ferch, verheiratet, Besitzerin eines Blumenladens und mit eben jenem vorigen März im Lokalteil der Zeitung präsent. Auf einem Foto war sie sogar zusammen mit ihrem Mann und Manfred zu sehen.

»Du meinst, wir sollten unser Glück bei der Stiefschwester versuchen?«

»Besser als nichts, denke ich«, urteilte Kreil. »Was hast du gefunden?«

»Oh, nichts derart Verwendbares. Aber hör dir das mal an – das hab ich online gefunden, in einem dieser Studentenportale: ›Hatten heute Vertretung in der Vorlesung. Die Beugler liegt wohl noch immer im Krankenhaus, dafür war's die Ahnig. Kam erst sehr spät, wollten schon gehen. Total zerrupft, schief geknöpft und mit einem Herrenjackett.‹«

»Herrenjackett, ja?« Kreil kicherte, legte die Füße auf seinen Schreibtisch und wippte mit seinem Stuhl. Langsam fand er zu seiner Form. »Klingt ja fast so, als hätte der Anruf zur Vertretung die gute Frau in einem ungünstigen Moment erwischt.«

»Ich ahnte, dass dir das gefällt. Wie machen wir weiter?«

»Bleib wo du bist. Ich sammle dich ein.«

Draußen stellte er fest, dass zumindest der starke Schneefall und der Wind nachgelassen hatten. Noch immer war die Stadt in ein weißes Gewand gehüllt und die meisten Straßen noch von einer ebenen, unberührten Decke überzogen, aber zumindest das Chaos hatte abgenommen.

Er schob den frischen Schnee von den Scheiben und Scheinwerfern seines Autos, stieg ein und ließ den Wagen, behutsam aber mit viel Gas, zum Leben erwachen. Während er seiner Heizung einen Moment gab, aus dem Inneren etwas anderes als einen besseren Kühlschrank zu machen, dachte er noch einmal über die Online-Anekdote nach. Irgendetwas machte ihn daran neugierig.

Aber wie dem auch sei: Sie hatten ein neues Ziel.

13

Strick

Gelbach nahm mit jedem Schritt je zwei der steinernen Stufen herab in das Kellergeschoss des Hauses. Er trug noch den Mantel, in dem er zur Arbeit erschienen war und in den Wollfäden hingen noch immer glänzende Wassertropfen. Die letzten fünf Stufen sprang er herab, drückte sich an einigen erstaunten Kollegen vorbei und blieb dann abrupt vor Bresiczs Zelle stehen.

Konsterniert sah er zwei Beamten zu, die seinen Verdächtigen vorsichtig anhoben, während ein Dritter versuchte, die Decke zu öffnen, die er sich um den Hals gelegt und dann offenbar um eine Querstange geknotet hatte. Er starrte in die leeren Augen des Toten und fragte sich, was wohl das Letzte gewesen war, was diese Augen gesehen hatten, bevor ihr Glanz erlosch.

Erst eine Berührung an seiner Schulter riss ihn von dem unheimlichen Sog dieses Blickes wieder los. Er brauchte einen Moment, um das Gesicht richtig einzuordnen: Norbert Hueck, Pathologe.

Der Mann ging an ihm vorbei in die Zelle, kniete neben dem Toten nieder, der mittlerweile auf einer Pritsche zu seiner vorerst letzten Rast gebettet worden war und nahm einige zügige Untersuchungen vor. Gelbachs Blick wanderte die kargen Wände der Zelle entlang, über die Pritsche zum Waschbecken und von dort zurück zur Pritsche. Irgendwas störte ihn. Er wusste nur nicht was.

»Wenn ich schätzen müsste, würde ich sagen, der Tod ist heute Nacht zwischen ein und zwei Uhr eingetreten«, meldete sich Hueck zu Wort. »Und zwar so offensichtlich, wie es zu sein scheint. Erhängt.«

»Also Selbstmord?«, fragte Gelbach.

»Das hab ich nicht gesagt. Aber ich kann sagen, dass er so gestorben ist, wie er hier hing, also frei schwebend. Kein atypisches Erhängen also. Winkel und Form der Strangfurche bestätigen das ebenfalls. Es gibt keine offensichtlichen Merkmale eines äußeren Einwirkens. Aber für den Rest seid ihr zuständig. Details zur Untersuchung gibt es vermutlich im Laufe des Tages.«

Gelbach nickte, wandte dann der Zelle den Rücken zu und machte sich auf den Weg nach oben. An der Nachbarzelle blieb er noch einmal stehen und blickte hinein. Lange haftete sein Blick auf dem dünnen Laken, das auf der dortigen Pritsche lag und plötzlich wusste er, was ihm an der ganzen Sache nicht gefiel.

Er traf Inspektionsleiter Lörner auf dem Weg ins Büro. Sein Vorgesetzter wies Gelbach an, sich zu ihm in den Aufzug zu gesellen und betätigte ungefragt dessen Etage.

»Ich habe von dem tragischen Zwischenfall gehört«, eröffnete er das Gespräch ohne große Umschweife.

»Ja«, nickte Gelbach, »der Verdächtige Bresicz hat sich heute Nacht in seiner Zelle das Leben genommen.«

»Das ist natürlich bedauerlich, aber andererseits auch etwas, worüber wir uns eigentlich nicht beklagen sollten«, offenbarte Lörner trocken.

»Entschuldigung?« Dem Kommissar war klar, dass ihm seine Entrüstung anzusehen sein musste, doch das war ihm gleich. Er verlagerte sein Gewicht und blickte seinen Vorgesetzten herausfordernd an.

»Gelbach«, antwortete der mit kameradschaftlicher Geste und einem Tonfall, wie man ihn nutzt, wenn man fest glaubte, der andere sei schwer von Begriff, »diese immigrierten Straftäter sind teilweise erheblich schwerer zu knacken, als man meint. Wer weiß, es hätte Wochen dauern können, aus ihm das Geständnis herauszuholen.«

»Und was, wenn er doch unschuldig war?«, erkundigte sich Gelbach, wurde dann aber von dem hellen Signalton unterbrochen, der meldete, dass der Aufzug sein Ziel erreicht hatte.

»Ich bitte Sie!«, lachte Lörner auf und klopfte ihm erneut in hohler Kameradschaft auf die Schulter. »Machen Sie das Fass einfach zu, Gelbach. Tatverdacht, möglicher Täter anhand von Spuren gefunden, Freitod in der Zelle als finales Eingeständnis. Schreiben Sie mir einen kurzen Bericht.«

Gelbach zögerte, was auch seinem Vorgesetzten nicht entging. Dieser führte ihn am Oberarm der Aufzugtüre näher und ergänzte noch: »Damit ist dieser grässliche Mord ja dann ad acta gelegt und ich leite dann noch die letzten Informationen an die Pressestelle weiter. Hervorragende Arbeit, und schnell.«

Gelbach wartete, bis die Aufzugtüre geschlossen war, dann begab er sich auf die Suche nach Ulbrich und Ganter.

14

Zittern

Nach außen hin wirkten Herr und Frau Ferch nur auf den ersten Blick ruhig und gelassen. Sie waren blass, doch das hätte man noch der Jahreszeit zurechnen können. Es waren die kleinen Details, die Karin zeigten, dass sich diese beiden Menschen gerade am tiefsten Boden eines dunklen Schachtes befanden.

Es waren die angespannten Kiefermuskeln des Mannes und sein scheinbar harter Blick, der aber ins Leere ging. Es war die Art und Weise, wie die Frau die Zigarette in ihrer Hand umklammerte und jenes leichte Zittern, das sich immer dann offenbarte, wenn sie die Glut zu dem absurd kleinen Aschenbecher auf ihrem Tisch führte.

Sie saßen nun schon eine Weile im Wohnzimmer der Familie. Dunkle Holzmöbel, ein schwerer Teppich, eine große Uhr an der Wand, die hörbar in die erbarmungslose Stille hinein die Sekunden zählte. Gerahmte Bilder, die glückliche Menschen zeigten, aufgenommen zu Zeitpunkten, an denen niemand es gewagt hätte, sich Augenblicke wie diesen auch nur vorzustellen.

Kreil saß locker und zurückgelehnt neben ihr auf der matt grün gepolsterten Couch und just in diesem Moment realisierte Karin, dass auch sie ihre Finger ineinander verkrampft hatte, löste sie und faltete sie danach wieder, den Oberkörper vorgebeugt, zwischen ihren Knien. Niemand hatte gesprochen, seit man ihnen Plätze angeboten hatte und sie einen Kaffee angenommen hatten.

»Sonja war ein gutes Mädchen«, sagte Herr Ferch unvermittelt. »Wir waren sehr glücklich, dass Manfred sie gefunden hat.« Kreil nickte langsam und bedacht, sagte aber nichts.

»Wir möchten nicht, dass nachher in der Zeitung etwas steht, was sie in ein schlechtes Licht rücken würde«, brachte Corinna Ferch hervor, klang dabei mehr seufzend als sprechend.

Karin antwortete, mehr um ihr eigenes Schweigen in die Schranken zu weisen: »Wir glauben, dass der Freundin Ihres Halbbruders ein Unrecht angetan wurde. Wir wollen sie nicht in Misskredit bringen, sondern aufdecken, was geschehen ist.«

»Und dafür brauchen wir Ihre Hilfe«, ergänzt Kreil, erstaunlich sanft.

Herr Ferch griff zu seiner Kaffeetasse, hob sie leicht an, doch konnte er ein Zittern nicht unterdrücken und etwas Kaffee ergoss sich, begleitet vom leisen, verräterischen Klappern der dünnen Keramik, auf den Unterteller. Corinna eilte sofort los, kam mit einem Tuch wieder und wischte in einer Fortsetzung des unangenehmen Schweigens den Kaffee auf.

Sie warteten, bis Manfreds Halbschwester ebenfalls wieder Platz genommen hatte, warteten einen Moment länger, und dann sagte sie den Satz, auf den Karin angespannt die ganze Zeit gewartet hatte: »Was können wir tun?«

Beide vermittelten den Eindruck, dass sie nicht zu jenen gehörten, denen im Leben einmal etwas geschenkt worden war. Ihren Informationen nach waren Herr und Frau Ferch Anfang 30, aber sie wirkten, als könnten sie auch Mitte 40 sein. Dass der Tod Sonjas ihnen so sehr zusetzte, beeindruckte die junge Journalistin umso mehr.

»Was wissen Sie über Sonjas Arbeit?«, fragte Kreil.

»Nicht sehr viel«, gab Herr Ferch zu, »nur dass sie an der Universität gearbeitet hat.«

»Wissen Sie, ob Sonja in ihrer Zeit dort mit jemandem enger bekannt war? Hatte sie Freunde unter den Kollegen? Vielleicht einen Gönner? Förderer? Oder einen Protegé?«, fragte nun Karin, doch das Ehepaar schüttelte fast synchron den Kopf.

»Es wäre sehr wichtig für uns«, sagte Kreil, »wenn wir mit Manfred sprechen könnten.«

»Glauben Sie, dass er der Täter ist?«, konterte Corinna.

»Nein. Aber vielleicht kann er uns helfen, kann uns Hinweise geben.«

Einen Moment saßen sie betreten dort und Karin mühte sich, die junge Frau nicht anzustarren, die mittlerweile sichtlich darum kämpfen musste, hier nicht in Tränen auszubrechen. Es war Kreil, der wagte, diesen Moment zu beenden:

»Es wäre für uns wirklich wichtig, mit Manfred sprechen zu können. Die Polizei dürfte ihn mittlerweile verdächtigen, wir jedoch nicht. Wir würden nur gerne mit ihm reden.«

Karin beobachtete von der Seite, wie Herr Ferch und Kreil einander lange in Augen schauten. Auf der einen Seite war es eher ein kaltes Starren, auf der anderen Seite ein aufrichtiger Blick. Nach einer Weile nickte Ferch und begann, einige leise Worte zu seiner nun weinenden Frau zu sagen. Zunächst schüttelte sie schluchzend den Kopf, doch er ergänzte weitere Worte und schließlich nickte auch sie.

»Einer meiner Brüder«, begann zu erklären, »hat ein Unternehmen für Straßenbau geleitet. Er hat vor einigen Monaten Insolvenz angemeldet und der Betrieb ruht derzeit. Ich habe Manfred geraten, sich dort zu verstecken.«

Corinna schluchzte auf und es klang, als käme es aus ihrem tiefsten Inneren.

»Denken Sie«, erkundigte sich Karin vorsichtig, »dass auch einem Außenstehenden dieser Verdacht kommen könnte?«

»Ich hätte nicht gedacht, dass Sie so schnell auf uns kommen würden«, gab Ferch zu. »Von uns aus auf meinen Bruder zu kommen ist vermutlich leichter, als ich gehofft habe.«

»Dann werden wir uns beeilen müssen«, schloss Kreil und erhob sich. »Vielen Dank.«

Auf dem Weg zur Türe blieb er aber noch einmal stehen und schaute fragend zu Corinna.

»Sagen Sie, trägt Ihr Bruder eigentlich häufiger Jacketts?«

Tatsächlich lachte sie kurz. »Manfred? Nie im Leben. Ist das wichtig?«

»Nein«, versicherte Kreil mit einem geheimnisvollen Lächeln, »es ging mir nur gerade durch den Kopf.«

Kurz darauf verließ ihr Wagen mit durchdrehenden Reifen wieder die Einfahrt des Einfamilienhauses der Ferchs. Zunächst galt es nun, mit Manfred zu sprechen, bevor die Polizei es tat.

15

Besuch

»Also ist die Sache gegessen?«, fragte Ganter, Gelbach aufmerksam musternd. Der aber schüttelte den Kopf

»Nein, ich denke nicht. Ich bin von der Schuld Bresiczs nicht überzeugt, der mutmaßliche Freitod ist nur schon wieder ein Indiz in einer langen Kette. Richtige Beweise gibt es nicht.«

»Sie haben ›mutmaßlich‹ gesagt«, stellte Ulbrich mit flacher Stimme fest.

»Der Tote hat sich mit einer Decke an einer Querstange erhängt, richtig?«

»Haben Sie gesagt.«

»Ich wüsste nur gerne, wo er die Decke hergehabt hat.«

»Was meinst du?«, meldete sich Ganter nach einem nachdenklichen Schweigen wieder zu Wort und strich sich über seinen kruden Vollbart.

»Ich habe mal in die Nachbarzelle geschaut. Auf der Pritsche lag das übliche dünne Tuch. Das ist nicht vergleichbar mit dem, was Bresicz um den Hals hatte.«

»Vielleicht war ihm kalt und er hat eine weitere Decke von einer unachtsamen Wache bekommen?«, schlug Ulbrich vor. Gelbach nickte, sah aber in Ganters Gesicht die gleichen Zweifel, die auch er hatte.

»Wenn, dann sollte das ja herauszufinden sein. Und genau das sind Fragen, die wir stellen sollten, bevor wie die Akte schließen.«

Ganter nickte unauffällig und blickte an Gelbach vorbei in das Großraumbüro. Der drehte sich um und legte die Stirn in Falten. Zwei Personen kamen zur ihnen herüber. Der eine, Inspektionsleiter Lörner, war verwunderlich genug.

Der andere aber war, solange Gelbach sich erinnern konnte, noch nie hier gewesen: Stefan Kolmen. Amtierender Oberbürgermeister der Stadt in zweiter Amtszeit.

Sie waren ein ungleiches Gespann. Lörner wirkte stets ein wenig untersetzt und Gelbach fand immer, dass sein Gesicht irgendwie zu klein für seinen Kopf war. Auge, Mund und Nase saßen ganz eng beieinander, die Mundwinkel oft verkniffen. Kolmen dagegen war jemand, der für Werbekampagnen geboren worden war. Ein ebenes Gesicht, ein immer präsentes, strahlendes Lächeln und volles, braunes Haar. Er war sicher einen Kopf größer als Gelbach und überragte Lörner um Längen.

Es war offensichtlich, dass der Bürgermeister von den Zuständen in der Abteilung fasziniert war. Die halboffenen Büros, das ewige Hin und Her zwischen den einzelnen Parzellen und der immense Geräuschpegel waren nichts, was man erwartete, wenn man das Wort »Ermittlungsgruppe« hörte. Gelbach wusste aber sehr wohl, dass es genau das war, was man besser einmal erwarten sollte, wenn man wichtige Etats immer weiter reduzierte. Er fragte sich unwillkürlich, ob Kolmen den gleichen Gedanken hatte.

Die beiden Besucher erreichten ihre Parzelle und Lörner ließ den Bürgermeister ungelenk vortreten. Ulbrich stand gerade wie eine Kerze, Gelbach erhob sich von dem Bürostuhl, auf dem er bis gerade, die Lehne zwischen den Beinen, gesessen hatte. Ganter blieb auf der Tischkante sitzen und trank demonstrativ einen tiefen Schluck aus seiner Kaffeetasse.

»Es ist mir ein Vergnügen, Ihnen das Ermittlungsteam vorstellen zu können, das den Mörder der jungen Frau so zügig hat fassen können«, erklärte der Inspektionsleiter mit öliger Stimme.

Kolmen schenkte ihnen exakt das Lächeln, das sie von den Plakaten her kannten und streckte Gelbach die Hand entgegen, die dieser zu seiner eigenen Überraschung ohne großes Zögern entgegen nahm. Der Bürgermeister hatte einen festen Händedruck.

»Ich bin Ihnen zu Dank verpflichtet«, erklärte Kolmen mit einer Stimme, die tiefer war, als sein junges Äußeres es vermuten ließ. »Einen Täter innerhalb von kaum mehr als 24 Stunden dingfest zu machen, sehr beeindruckend, Kommissar …?«

»… Gelbach«, beantwortete dieser die angedeutete Frage. »Nun, wir sind einfach nur den Indizien gefolgt.«

»Und dennoch hatten Sie ihn in Windeseile überführt.«

»Ich denke, das wäre zu viel gesagt, Herr Bürgermeister. Der Mann war vorläufig festgenommen und nicht vor Gericht gebracht worden. Ich würde nicht von überführt sprechen.«

»Überführt in die Pathologie, höchstens«, ließ Ganter vernehmen.

»Sie haben natürlich Recht«, pflichtet der Politiker Gelbach bei, ohne auf den Einwurf weiter einzugehen. »Derartige sprachliche Feinheiten sind wichtig. ‚Dingfest gemacht‘, dann meinetwegen.«

»Und in der Tat haben wir noch einige Ungereimtheiten vor uns, die wir näher beleuchten müssen«, sagte Gelbach und verschränkte die Arme vor seiner Brust.

Kolmen betrachtete den Kommissar erstaunt, während sich Lörners stechender Blick tief in seine Seite zu bohren schien. Der Bürgermeister nickte kurz, blickte dann zum Inspektionsleiter herüber.

»Ich nehme an, es handelt sich dabei reine Formalitäten, damit sie die Akte ordentlich schließen können?«, erkundigte er sich und Lörner nickte eifrig.

»Natürlich. Kommissar Gelbach hat mir heute früh schon versichert, den Bericht morgen Vormittag auf meinen Schreibtisch zu legen.«

Gelbach hörte Ganter einatmen und bedeutete ihm – ohne die Arme groß zu bewegen – mit den Fingerspitzen, dass er besser schwiege. Er war froh, dass sein Kollege auf ihn hörte.

Sie tauschten noch einige nette Floskeln aus, dann schüttelte Kolmen erneut Gelbachs Hand und wandte sich zum Gehen. Lörner warf Gelbach einen weiteren, stechenden Blick zu und folgte dem Oberbürgermeister dann ein wenig zu schnell für eine Respektsperson.

Gelbach drehte sich zu seinen Kollegen um. Ulbrichs Blick haftete noch immer an den beiden sich entfernenden Gestalten. Ganter nahm einen tiefen Schluck aus seiner Tasse, dann blickte auch er ihren jungen Kollegen an.

»Hey, Junge, bist du in Schockstarre verfallen?«, murrte er.

»Ich –«, stammelte Ulbrich.

»Ihr habt gehört, was die beiden gesagt haben, nicht?«, erkundigte sich Gelbach.

»Wir legen den Fall zu den Akten?«, stellte Ulbrich mehr als Frage denn als Antwort, während er eifrig begann, seine Brille zu putzen.

»Wir tun alles, was noch nötig ist, damit wir die Akte ordentlich schließen können«, verbessere Gelbach in einer guten Imitation Lörners, und ein verschmitztes Grinsen wanderte auf Ganters Gesicht.

»Ich bin mir nicht sicher, dass der Lörner das so gemeint hat«, merkte er an.

»Bestimmt. Warum sollte er uns Anweisungen geben, die der Ausübung unserer Arbeit im Wege stehen? Nicht wahr, Ulbrich?«

»Ich –«

»Ja, schon gut. Besorgen Sie mir Namen und Telefonnummer der Polizisten, die gestern Nacht hier im Gebäude waren. Ganter, such uns einen Raum, in dem wir ungestört reden können. Wir haben viel Arbeit und wenig Zeit.«

16

Niederschlag

Der Schneefall hatte wieder zugenommen, als Kreil seinen Wagen am frühen Mittag auf den Seitenstreifen lenkte. An Karin vorbei wanderte sein Blick einmal über das Gelände, was sich hinter einem teils niedergerissenen Zaun erstreckte. Dies war die Anschrift, die sie von den Ferchs erhalten hatten.

Halb im dichten Schneetreiben verborgen lagen auf dem großen Grundstück zwei Häuser; ein Bürogebäude auf der linken, eine Werkhalle auf der rechten Seite. Das dem Tor gegenüberliegende Ende wurde hingegen von großen Schneebergen begrenzt – Kreil vermutete, dass sie Schotter und Steine verdeckten. Kreil schaltete den Motor aus und versuchte, sonst etwas auf dem Gelände auszumachen.

Vergebens.

»Gehen wir nachschauen?«, erkundigte sich Karin.

»Ich gehe nachschauen«, korrigierte sie Kreil. »Keine Widerworte.«

Er öffnete die Wagentüre, zog seinen halblangen Mantel enger um sich und begann, durch den hohen Schnee hindurch auf das zuzustapfen, was mal das Tor gewesen war. Im Augenwinkel sah er noch, dass Karin etwas aus ihrem übergroßen Rucksack heraussuchte, aber offenbar wirklich keine Anstalten machte, ihm zu folgen. Ihn beruhigte das – auch wenn er selber nicht an die Schuld Manfred Herrmanns glaubte, so wusste er es doch nicht.

Er zwängte sich durch eine der Lücken im Zaun und blickte sich erneut um. Das Bürogebäude war offenbar vernagelt worden und schwere Balken waren vor Türe und Fenster geschlagen. Der Eingang der Halle schien hingegen auf der anderen Seite zu sein. Kreils Blick wanderte über den Schnee auf dem Hof und stockte, denn tatsächlich war offenbar jemand in den letzten Tagen häufiger hier vorbeigegangen. Es gab sogar eine relativ frische Spur, in der sich gerade erst wieder der Neuschnee zu sammeln begann und die an der Halle entlang führte.

Kreil huschte an die Wellblechwand heran und begann dann, sich im Sichtschatten halb verrosteter Metallungetüme voranzutasten, die noch immer hier lagerten und durch den Schnee, der sich auftürmte, nur umso unheimlicher erschienen. Es war absolut nichts zu hören außer seinen knarzenden Schritten auf der weißen Schneedecke.

Kreil erreichte das Kopfende der Halle und schaute vorsichtig um die Ecke. Er hatte Recht, dort war das Haupttor – und es war offenbar nur angelehnt. Die frische Fußspur führte, wie auch die älteren Tritte, ebenfalls in das Innere der Halle.

Einmal kräftig durchgeatmet, dann trat er ein. Es war dunkel in der Halle und er brauchte einen langen Augenblick, um seine Augen nach der grellweißen Pracht draußen an die Finsternis zu gewöhnen. Die Halle war ein großer Raum, allerdings lagerten auch hier noch immer alte Gerätschaften sowie mehrere separate Stapel an Werkmaterialen. Es war denkbar, aber Kreil glaubte nicht, dass sein Eintreten unbemerkt geblieben sein konnte. Doch niemand reagierte, lief fort oder sprach ihn an. Das machte es nicht besser.

Als er wieder glaubte, ordentlich sehen zu können, entdeckte er den leichten Widerschein von etwas, was einen rötlich-gelben Schimmer an die Wellblechwand der Halle warf. Vorsichtig und bemüht, keine weiteren, unnötigen Geräusche zu machen, näherte er sich der Lichtquelle. Er umrundete einen übermannshohen Turm Kopfsteinpflaster, stolperte fast über irgendein Eisenteil auf dem gestampften

Boden und näherte sich weiter dem Palettenstapel, hinter dem er das Licht sah.

Wieder machte Kreil an der Ecke halt, lauschte kurz, aber vernahm nur das leise Prasseln eines kleinen Feuers. Vorsichtig beugte er sich vor – und erblickte Herrmann: Mit verdrehten Gliedmaßen lag er dort auf dem kalten Boden.

Kreil gab seine Deckung auf und rannte an einer eisernen Tonne vorbei, in der die letzten Reste eines wärmenden Feuers verglommen. Er ließ sich neben Herrmann auf die Knie fallen, riss sich einen seiner Handschuhe herunter und fühlte den Puls. Der Liegende zuckte zusammen, dreht Kreil das Gesicht zu. Er war offenbar geschlagen worden, hart und mehrfach. Die Lippe war aufgeplatzt, ein Auge blutunterlaufen und die ganzen Züge geschwollen.

»Manfred Herrmann?«, fragte Kreil. »Können Sie mich verstehen?«

Der Liegende seufzte und spuckte schwach etwas Blut aus.

»Keine Sorge, ich rufe einen Arzt.«

Herrmann versuchte etwas zu sagen, doch reichte es nicht bis an Kreils Ohr heran. Er schaute kurz auf sein Handy, beugte sich dann aber erst vor, ganz nah an den blutigen Mund des anderen.

»… aus …«

»Was?« fragte Kreil.

»… gar …«

Erneut fragte der Journalist nach, doch Herrmann hatte offenbar das Bewusstsein verloren. Kreil stand auf, begann den Notruf zu wählen und drehte sich dabei wieder zum Halleneingang um. Direkt vor ihm, unbemerkt herangetreten, als er bei Herrmann gekniet hatte, stand ein Fremder. Es war zu dunkel, um das Gesicht zu erkennen.

Kreil konnte nicht mehr reagieren, bevor irgendetwas Hartes mit grober Gewalt gegen seine Schläfe schlug. Blitze tanzten vor seinen Augen, ihm wurde sofort schlecht und doch bekam er nicht einmal mehr mit, dass er auf den Hallenboden aufschlug.

17

Sichtung

Karin wartete, bis Kreil im Schneegestöber verschwunden war und zählte dann innerlich bis 50. Das sollte eigentlich reichen. Sie griff ihr Arbeitsgerät, öffnete die Wagentüre und trat hinaus in die Kälte.

Sie wanderte bis zu dem Zaun, der das Gelände umschloss, drehte dann aber nach rechts ab, fort von dem offensichtlichen Zugang. In zügigen Schritten trat sie an die Grenze des Grundstücks und schlug sich dann daneben in das leichte Buschwerk, um schließlich dort entlang ebenfalls das abgewandte Ende der Halle zu erreichen. Schneebedeckte Äste schlugen ihr ins Gesicht und der Boden war unübersichtlich, doch ihre schweren Sicherheitsschuhe fanden Halt. Ein Erdhaufen war auf dieser Seite des Zaunes aufgehäuft worden – dort sollte sie gut den Maschendraht überqueren können, beschloss sie. Der kalte Wind erfasste sie voll, als sie die künstliche und steinhart gefrorene Anhöhe betrat und erneut das Baugelände musterte. Irgendwo in der Ferne sah sie im Schneegestöber noch die Straße und konnte die Konturen von Kreils Wagen erahnen. Näher bei ihr lag das Tor der Werkhalle. Es war nur angelehnt, aber nicht weit genug offen, um hineinschauen zu können.

Karin betrachtete kurz den Abstand zum Zaun und den Höhenunterschied, beschloss, dass ein Sprung auch bei dem Schnee eigentlich kein großes Problem sein sollte. Und dann fiel der Schuss.

Nie zuvor hatte Karin einen echten Schuss gehört und das Geräusch war anders, als sie es aus Filmen kannte, doch wusste sie instinktiv, was dort gerade erklungen war. Sie ließ sich flach auf den Erdhaufen fallen und blickte auf die Lagerhalle. Nichts. Alles schien ruhig zu sein. Langsam rutschte sie ein Stück den Hügel nach hinten herunter. Wer auch immer da schoss, sie betete, nicht gesehen zu werden.

Vorsichtig tastete sie an sich entlang. Gut, sie war nicht auf ihre Tasche gefallen. Langsam öffnete sie den Reißverschluss, zog den Deckel beiseite und ergriff das Gehäuse, das sich darin verbarg. Langsam nahm sie ihre Spiegelreflex-Kamera vor, löste unbeholfen und nicht nur vor Kälte zitternd den Objektivdeckel ab. Die Kappe entglitt ihren zitternden Fingern und fiel in den Schnee. Ihr entfuhr ein leiser Fluch, der fast geräuschlos als weiße Wolke vor ihrem Gesicht aufstieg. Dann hob Karin das Stück schwarzes Plastik vorsichtig auf und ließ es in ihrer Tasche verschwinden. Sie nahm das Gerät vor und legte, ein wenig wie ein Scharfschütze, bedächtig auf das Fronttor der Halle an.

Karin versuchte, sich zur Ruhe zu zwingen. Ihre Gedanken kreisten wie ein Wirbelwind um sie herum. Hatte der Schuss Kreil gegolten? War ihr Kollege in Ordnung? Was ging darin vor? Würde man sie entdecken? War vielleicht noch jemand außer ihr hier draußen?

Gehetzt blickte sie über den verschneiten Hof. Tausend Winkel, in denen man sich verstecken konnte. Überall drum herum konnte jemand liegen, genau wie sie, und sie beobachten. Vielleicht zielte man auf sie? Und nicht mit einer Kamera?

Ruhig! Karin zwang sich, ruhiger zu atmen. Sie richtete die Kamera wieder auf das Hallentor und wartete.

Eine Gestalt trat heraus ins Freie. Es war nicht Kreil, die Person trug offenbar eine weiße Jacke und eine ebenso weiße Hose. Karin betätigte den Auslöser. Das Klacken der Verschlussklappe schien ihr wie ein Donnerschlag in die Stille des Tages zu dröhnen, doch die Person auf dem Hof reagierte nicht darauf.

Als der Fremde – eindeutig, es war ein Mann – zügigen Schrittes den Hof überquerte, hielt Karin den Auslöser gedrückt. Während die Kamera ratternd Bild um Bild speicherte, zoomte sie heran, so nah an das Gesicht wie sie konnte. Dann hatte der Fremde den Zaun erreicht und schwang sich, elegant und leise wie eine Katze, darüber hinweg. Wenige Schritte später hatte der fallende Schnee ihn verschluckt.

Karin wartete nur einen kleinen Moment, dann hatte sie genug Mut gesammelt und eilte los.

18

Erwartung

Forster eilte mit großen, ausholenden Schritten auf das Gelände der verlassenen Baufirma zu. Er tauchte unter dem Absperrband durch und näherte sich weiter, den ausstellenden Mantel hinter sich ausgebreitet, dem Rettungswagen, in dessen offener Heckklappe Kreil saß und sich von einem Sanitäter den Kopf befühlen ließ. Ein junger Polizist, der zusammen mit Gelbach eingetroffen war und eigentlich gerade sehr intensiv seine große Brille putzte, bemerkte ihn zuerst und wollte ihm in den Weg treten, doch wehte der Chefredakteur an ihm vorbei, als sei er gar nicht da.

Abrupt kam er an dem Krankenwagen zu stehen, bedachte Karin, die an die Seite des Fahrzeugs gelehnt da stand, mit einem kurzen Blick und betrachtete dann einen längeren Moment Kreil und das Werk des behandelnden Sanitäters.

»Alles in Ordnung?«, fragte er schließlich knapp und Kreil nickte.

»Der Schädel ist nicht gebrochen«, attestierte der Sanitäter. »Ich denke mit ein paar Tagen Ruhe wird das wieder, aber ich würde Sie lieber mit ins Krankenhaus nehmen, um dort …«

»Nein danke«, fiel ihm Kreil ins Wort und blickte wieder zu Forster. Der aber wandte seinen Kopf zu einer weiteren Furie, die herannahte. Er machte einen Schritt zur Seite und ermöglichte es Gelbach so, in den Kreis hinzu zu treten, Es war recht offensichtlich, dass der Polizist vor Wut kochte und sich nur mühsam einige Atemzüge Zeit ließ, bevor er Kreil anfuhr: »Zwei Tote an knapp zwei Tagen und an beiden Tatorten du! Ich hab dich gewarnt, dass du's nicht übertreiben sollst!«

Kreil mühte sich zur Sachlichkeit. »Der Mann darin, das ist Manfred Herrmann, der Freund der Toten aus dem Wald.«

»Herrmann ist tot?«, fragte Gelbach, während er offenbar vergebens versuchte, Karins Gesicht einzuordnen. Kreil ertrug es derweil, dass der Sanitäter ihm noch einmal mit einer kleinen Lampe erst in das rechte, dann in das linke Auge leuchtete. Dann nickte der Journalist.

»Ich lass dich festnehmen, Kreil!«, fuhr Gelbach ihn stattdessen an. »Dann haben wir alle Zeit der Welt, um uns über all das zu unterhalten, was du mir ansonsten verschwiegen hast.«

Ein Funkeln trat in die Augen des Chefredakteurs. Forster drehte sich nun direkt zu Gelbach und schien, ohne dass Karin den Finger darauf legen konnte, woran es genau lag, an Autorität zu gewinnen. »Ich denke nicht, dass das angebracht wäre«, erklärte er ruhig.

»Ach nein?!«

»Mein Name ist Alfred Forster, ich nehme an, Sie wissen, wer ich bin?«

»Ja, weiß ich. Und warum sollte ich Ihren Mitarbeiter nicht festnehmen?«

»Weil ich nur die Worte Polizei und Vertuschung auf Seite 1 zusammenbringen muss und sie werden sich wünschen, dass Schnee das einzige ist, was auf sie niedergeht.«

Die beiden Männer starrten sich einen langen Moment an. Dann nickte Gelbach.

»Fein. Dieses Mal noch! Einer der anderen wird deine Aussage aufnehmen.«

Kreil schien antworten zu wollen, wurde jedoch von dem Sanitäter, dessen Finger stoisch seinen Kiefer abtasteten, effektiv daran gehindert. Gelbach wandte sich zum Gehen und hatte schon einige Meter zwischen sich und den Rettungswagen gebracht, als Forster noch einmal nach ihm rief.

Er wandte sich um.

»Herr Kommissar! Sie sollten mit ihrem Chef sprechen. Der hat uns, kurz bevor ich herkam, eine Pressemitteilung geschickt, dass sich der Schuldige im Fall Ahnig heute früh erhängt habe.« Forster nickte kurz zur Werkhalle herüber. »Vielleicht hätte man das dem Täter mitteilen sollen.«

Kreil konnte sich ein Grinsen nicht verkneifen, als sich der Kommissar umwandte und offenbar wutentbrannt davon schritt.

»So hab ich dich ja lange nicht gesehen«, versetzte er.

»Was nicht heißt, dass ich glücklich über das wäre, was hier heute passiert ist«, betonte Forster und Kreil nickte ernst. Karin aber grinste.

»Ich habe da was, das solltet ihr beide euch einmal anschauen«, sagte sie.

19

Spiegelreflex

Sie brachten ein Stück Abstand zwischen sich und die Polizei, die mittlerweile begonnen hatte, den Tatort zu sichern, soweit das in dem Schneechaos noch möglich war. Karin begab sich mit Forster und Kreil zum Wagen des Chefredakteurs und bat die beiden dort, etwas näher zu treten.

Behänd förderte sie ihre Kamera aus der Tasche, schaltete sie ein und wartete die Sekunde, die es dauerte, bis sie betriebsbereit war. Sie drückte ein paar Tasten, dann reichte sie das Gerät, Kreils neugierigem Blick bestmöglich ausweichend, an Forster weiter. Forster legte die grau umrahmte Stirn in Falten und hob mit der behandschuhten Hand seine Brille ein Stück nach oben, schaute darunter her auf den kleinen Bildschirm.

Einen quälenden Moment später blickte er, die Brille noch immer nach oben geschoben, zu Kreil und reichte ihm dann, mit einer Miene aus Stein, den Fotoapparat. Kreils Gesicht wurde einmal mehr von seinem schelmischen Grinsen eingenommen.

Karin nahm ihren Apparat wieder entgegen und schaute selbst noch mal auf das Display. Neben gut dreißig weiteren, großteilig gnadenlos unscharfen Bildern hatte sie eine Aufnahme gemacht, die nicht nur einfach den Mann zeigte, der in eiligen Schritten gerade das Gelände verließ. Sie zeigte sein Gesicht.

»Wer ist der Mann?«, fragte Forster schließlich.

»Ich weiß es nicht«, entgegnete Karin, während sie den Apparat ausschaltete und wieder verstaute.

»Das dachte ich mir«, knurrte Forster. »Aber Sie können es herausfinden.«

Kreil horchte auf.

»Das heißt, die Geschichte ist es wert, gedruckt zu werden?«

»Wenn meine Mitarbeiter schon dafür niedergeschlagen werden,« schnaubte Forster, »dann können die Mühen sich ja auch genauso gut lohnen.«

»Ich werde mal ein paar Kontakte anrufen«, beschloss Kreil, aber Karin schüttelte den Kopf.

»Es gibt einen einfacheren Weg, wie wir in kurzer Zeit weitaus mehr erreichen können«, sagte sie und blickte herausfordernd zu ihrem Chef.

Forster schüttelte den Kopf. »Ich kann das nicht einfach drucken. Das wäre ein Beweismittel.«

»Stellen wir es online«, schlug Karin vor. »Keine Druckkosten, wenn die Auflage eingezogen werden sollte. Keine endgültige Abnahme durch die Redaktion. Wir setzen es einfach vorne auf die Webseite der Zeitung.«

»Die Rechtsabteilung reißt mir die Augen aus und spielt damit Minigolf, Frau Weidenroh.«

»Dann«, sinnierte Karin, »müssen wir es halt so hochladen, dass am Ende unklar ist, wessen Kopf die Paragraphenreiter fordern müssten.«

»Und darauf würde man reagieren?«

»Eine amerikanische Zeitung hat mal als Test die Bevölkerung des ganzen Landes aufgerufen, einen eigens dafür untergetauchten Redakteur ausfindig zu machen. Er hat sich verkleidet, verborgen, kein Kontakt zu Familie und Freunden, möglichst wenig Spuren im Netz hinterlassen.«

»Und?«, fragte Kreil.

»Sie hatten ihn nach 17 Tagen.«

Sie schwiegen einen Moment, während der Rettungswagen vorsichtig und mit durchdrehenden Rädern die nahe Einfahrt des Geländes verließ und im Schneetreiben verschwand.

Forster nickte.

»Versuchen wir's.«

20

Gelbach war nicht glücklich, als er sich am späten Abend auf seinen Bürostuhl fallen ließ. Die Stimmung seines Vorgesetzten war eisig gewesen, als er von den Vorgängen in der Lagerhalle erfuhr. Frust hatte sich dort hineingemischt, als offenbar auch ihm klar wurde, dass sich das nicht schönreden ließ. Hier einen Zufall anzunehmen war offenbar selbst für Lörner zu weit hergeholt. Egal was er dem Bürgermeister servil versprochen haben mochte, der Fall Ahnig fing vermutlich gerade erst an. Er hatte dann offenbar ein Ventil für diesen Frust gebraucht und es in Gelbach gefunden.

Als ob der Kommissar dies gebraucht hätte, um sich missmutig zu fühlen. Dieser Fall schien Ärger zu bringen, egal wohin er sich wandte. Er fand keine einzige Antwort, aber stets neue Komplikationen. Nun hatte er schon zwei Leichen; drei, wenn er den Erhängten mitrechnete. Drei Leichen also, aber keinen Täter.

Er stützte seinen Kopf auf seine Hände und atmete tief durch. Irgendwie musste dies doch zu durchblicken sein. Nun, wo die Ahnig und ihr Freund beide im Leichenschauhaus lagen, war die Chance vielleicht gegeben, dass nicht noch mehr Leute starben. Umgekehrt bedeutete das aber auch, dass die Spuren, die er bisher hatte, vermutlich genügen mussten.

Am Morgen erwartete er den Bericht der Spurensicherung. Aber er machte sich keine großen Hoffnungen. Selbst wenn er einmal annahm, dass der verfluchte Kreil ihm keine Hinweise unterschlagen oder entwertet hatte, so glaubte Gelbach nicht, dass ihr Täter zu der Sorte gehörte, die es einem leicht machte. Er hatte die Ahnig regelrecht exekutiert und nach dem, was man vor Ort sagen konnte, war es

Herrmann nicht besser ergangen. Und Kreil? Warum hatte der Täter ihn nicht getötet? Warum ließ er einen Zeugen zurück?

Vielleicht hatte er geglaubt, der Schlag habe gereicht?

Aber nein, das passte nicht. Bei den anderen beiden war er schließlich auch absolut sicher gegangen, dass ihr Leben vorbei war.

Die Frau im Wald, die ihn ja offenbar gestört hatte, hatte er trotz ausreichender Gelegenheit auch nicht erschossen. Es hätte die Entdeckung der Toten vielleicht um Tage hinauszögern können. Wochen, wenn Herrmann zu dem Zeitpunkt schon auf der Liste stand.

Er drehte seinen Bürostuhl und blickte an die Wand hinter sich. Einige Fotos erinnerten an seine bisherige Karriere. Ein Foto von ihm an seinem ersten Arbeitstag. Einige Fotos aus seinen Einsätzen bei der Hundertschaft. Dann einige Bilder aus seiner Zeit beim Bundesgrenzschutz. Dort war er gerne gewesen, war nur auf Drängen seiner Frau schließlich in den normalen Polizeidienst gewechselt. Er stand auf und trat zu einem der Fotos herüber. Drei kräftige junge Männer standen darauf vor einem Einsatzwagen. Ganter hatte ihn gewissermaßen von dort zur Kripo begleitet. Aber der Dritte damals war nicht der junge Bücherwurm Ulbrich, sondern Berger, ebenfalls einer, der zuzupacken wusste, wenn es nötig war. Es war eine gute Zeit, befand er.

Was aber, wenn Polizisten wie Ulbrich doch das Modell der Zukunft waren? Hatte die Gegenwart noch Nutzen für ›harte Kerle‹ wie Ganter und ihn? Er verstand nicht wirklich, wie schlaksige Typen mit Laptops Fälle lösten, aber umgekehrt war seine Erfolgsquote im Fall Ahnig auch nicht besser als die Ulbrichs. Vielleicht war es an der Zeit, in den Spiegel zu blicken und über reduzierte Stunden, Altersteilzeit oder so etwas nachzudenken. Zur Hölle, Frührente würde er vermutlich auch durchbekommen.

Als hätte er vom Teufel gesprochen, oder vielmehr an ihn gedacht, bemerkte er, wie Ulbrich durch den Mittelgang des Großraumbüros eilte. Gelbach wartete, bis der junge Kollege heran war und hieß ihn zunächst durchzuatmen. Gute Güte, ein Glück dass nicht Ulbrich Bresicz über das Feld hatte jagen müssen. Doch es brach sofort aus dem jungen Polizisten hervor.

»Chef«, keuchte er und hantierte mit seinem Laptop herum. »Das müssen Sie sehen!«

21

Zornesröte

Es war Abend geworden und die Dunkelheit vor den Fenstern verbarg den zweifelsohne nach wie vor ununterbrochenen Schneefall. Sie hatten das Foto ins Internet gestellt und nach dem, was die Techniker sagten, wurde es dort offenbar auch haufenweise frequentiert. Reaktionen hatte es allerdings, bis auf ein paar offensichtlich konstruierte Anrufe und Mails, nicht gegeben.

Es war erstaunlich ruhig in den Redaktionsräumen und außer Kreil und Karin saß nur noch ein weiterer Journalist in dem großen Büroraum. Das regelmäßige Klacken der Anschläge seiner Tastatur war das einzige Geräusch, das neben den rumorenden Lüftern der teils alten Computer den Raum erfüllte, aber auf Kreil wirkte es beruhigend. Forster war auch noch da, aber er saß in seiner kleinen Kabine am anderen Ende des Raumes und machte, was auch immer der Chef dort so spät jeden Abend noch tat. Kreil hatte das nie großartig hinterfragt. Karin starrte auf ihren Rechner, aber ihre Haltung und ihr Blick verrieten, dass sie nicht wirklich arbeitete. Es war zermürbend, aber derzeit waren sie auf das Warten angewiesen, ihre einzige Spur hing an einem seidenen Faden, der riss, wenn sich niemand melden würde.

Kreil selber verbrachte seine Zeit damit, sich den Kaffeebecher in seiner Hand aus jedem erdenklichen Winkel anzuschauen und seine Gedanken kreisen zu lassen. Aber auch das war nicht wirklich erfüllend.

Mit Ausnahme des eifrig tippenden Journalisten schreckte jeder in dem Büro auf, als die Glastüre zum Treppenhaus aufgeworfen wurde. Gelbach zog mit großen Schritten seine Bahn durch den Raum. Das Tippen verklang kurz, doch offenbar brachte die zornige Miene des Polizisten jede Neugierde zum Erliegen. Karins Blick war ebenfalls sorgenvoll, doch nahm er eine Wandlung hin zu reiner Verwunderung, als sie in Kreils Augen blickte. Amüsierte Falten zeichneten sich in ihren Winkeln ab.

Gelbach fegte auch an ihnen vorbei, vernichtende Blicke über sie ausbreitend. Kreil zählte innerlich bis drei, klopfte dann leicht auf den Tisch und bedeutete Karin durch ein angedeutetes Nicken, mitzukommen. Gelbach durch den Raum zu folgen fühlte sich an, als bewege man sich in der Bugwelle eines riesigen Schiffes, doch sein Aufprall im Büro des Chefredakteurs glich mehr einer Flutwelle, die an die Küste schlug, um alles hinwegzufegen. Sie waren dicht genug hinter ihm, um die Türe geschlossen zu haben, bevor der Polizist anfing zu brüllen: »Was glauben Sie, wer Sie sind?!«

Gelbach hatte keinen guten Tag gehabt, schien es, und aller Zorn, alle Wut, die sich in dem Ermittler angestaut hatten, prasselte nun mit aller Macht auf Forster ein. Der nahm es gelassen, schraubte seinen Füllfederhalter zu und legte ihn sorgfältig neben die Unterlagen auf seinem Tisch. Es dauerte sicherlich einige Minuten, bis alle Formen von Missbrauch, Veruntreuung, Behinderung der Ermittlungen und angedrohten Verhaftungen verklungen waren.

Dann atmete auch Gelbach durch.

»Haben Sie eine Ahnung, wen Sie im Internet herumzeigen?«, fauchte er.

»Wir versuchen doch genau das –«, setzte Kreil an, aber Gelbach unterbrach ihn.

»Dann hätten Sie mich fragen sollen, denn ich weiß es!«

Es trat ein langer Moment unangenehmer Stille ein. Forster fand als Erster im Raum zurück in das Gespräch: »Vielleicht sollten wir austauschen, was wir wissen?«

Gelbach wirkte wie ein Schläger, den man aus einer Prügelei herausgezogen hatte und der sich gerade nicht entscheiden konnte, auf wen er nun losgehen sollte. Sein Blick hetzte regelrecht zwischen den drei Anwesenden hin und her. Schließlich, nach einem langen Moment, nickte er.

»Fangt mal an«, raunte der Kommissar.

Forster nickte Kreil zu, hielt auch dem Blick stand, den der ihm daraufhin zuwarf.

Also fing Kreil vorne an, fasste es grob zusammen. Er verkürzte die Umstände seines Besuches in der Pathologie, nannte nicht alle Namen, doch setzte er Gelbach soweit ins Bild. Karin kam ihm nach einem Moment zur Hilfe und geschickt beschrieben beide dem Kommissar ein diesmal vollständiges, aber dennoch an keiner Stelle zu genaues Bild dessen, was vorgefallen war.

Der nickte anschließend erneut und erzählte seine Sicht der Dinge, schien ebenfalls alle Karten auf den Tisch zu legen inklusive des großen Interesses, das offenbar bestand, diesen Fall schnell zu den Akten zu legen und der Umstände um Bresiczs Tod, die ihm nach wie vor unklar erschienen. Er hielt einen Moment inne und musterte die Anwesenden, dann kam er zu dem Foto im Internet.

»Der Mann«, erklärte er, »den Frau Weidenroh am Tatort fotografiert hat, hört auf den Namen Sokolow. Wir haben keinen Vornamen, glauben auch nicht, dass es sein wirklicher Name ist.«

»Warum?« fragte Karin nach.

»Einerseits ist Sokolow einer der fünf häufigsten, russischen Familiennamen und damit keine schlechte Wahl, um unter dem Radar zu bleiben, andererseits kommt er wohl vom russischen Wort für ‚Falke', was dem Namen weiteren Reiz gibt.«

»Und wer ist dieser Sokolow nun?«, lenkte Forster das Thema zurück zum Kern.

»Sokolow taucht das erste Mal Anfang 1990 in unseren Unterlagen auf. Die Mauer ist gefallen, Glasnost und Perestroika sind schon einige Jahre dabei. Das erste Mal aktenkundig geworden ist er im Berliner Umland, wo ihn mehrere Zeugen grob beschreiben konnten.«

»Zeugen wovon?«

»Zwei, drei Leute aus dem Verwaltungsapparat der DDR, die offenbar ein besonders nahes Verhältnis zum Westen gesucht und auch nach der Wende daran festgehalten haben, sind bei einem tragischen Brand in einer Pension ums Leben gekommen. Umstände ungeklärt, aber er war der einzige Gast vor Ort, der kein Opfer Flammen wurde. Kein Name wird genannt, er ist ein Gespenst, das verschwunden ist, bevor jemand nachfragen kann.«

»Das macht ihn nicht schuldig«, warf Karin ein, leise, als wolle sie den Einwand möglichst behutsam vorbringen.

»Nein, aber die Serie setzte sich fort. Während der 90er Jahre macht der Mann wie ein falscher Fünfziger seine Runde durch Deutschland, taucht immer wieder an den ungünstigsten Orten zur ungünstigsten Zeit auf. Ein klares System gibt es nicht, außer dass es immer Leichen gibt und dass eigentlich immer jemand von irgendeiner Bedeutung zu Tode kommt. Botschafter, aber oft auch Leute aus der Wirtschaft. Das ganze Jahrzehnt durch. Er schadet allen Seiten zu gleichen Teilen, sodass der Verdacht naheliegt, dass er auf eigene Rechnung arbeitet. Er bekommt einen Namen, wir wissen, dass er ihn auch selber benutzt. Sokolow. Bis 1999.«

»Was geschah dann?« erkundigte sich Kreil.

»Unsicher. Einige sagen, Putins Machtantritt habe damit zu tun. Vielleicht ist Mütterchen Russland für den Mann wieder attraktiv geworden. Ist aber alles Spekulation. Wenn Sokolow auftauchte, dann wieder in Russland, aber mit ähnlichem Schema. Seit 2009 scheint er jedoch wieder in den Bereich der ›freien Dienstleister‹ gegangen zu sein.«

»Und die Leute nennen mich zynisch«, knurrte Kreil. Forster ging nicht weiter darauf ein. Seine Überlegungen galten vielmehr der Sachlage:

»Und jetzt taucht dieser Mann, Sokolow, hier in der Stadt auf? Erschießt eine ehemalige Universitätsdozentin, die zu jung war, um auch nur in irgendeiner Form in seine alten Geschäften verstrickt gewesen zu sein? Liquidiert auch ihren Freund und schlägt einen meiner Mitarbeiter nieder, lässt den aber leben?«

»Das passt nicht«, sagte Karin.

Kreil schlenderte durch das Büro, rieb sich das helle Haar und blickte einen Moment durch die Fenster hinaus in die Nacht. Orange leuchteten die Schneeflocken im Licht einer Laterne.

»Uns fehlen Stücke«, urteilte er schließlich. »Hier fehlt etwas, das wir finden müssen.«

»Meine Hände sind relativ gebunden, bis wir eine konkrete Spur aufweisen können«, gab Gelbach zu. »Das Foto in der Zeitung ist ein Anfang, aber es wird mehr brauchen, damit ich am Inspektionsleiter vorbei genug Wind machen kann, dass man mir glaubt, Sokolow habe was damit zu tun.«

»Wir haben noch die Sache mit dem Herrenjackett, also einen eventuellen Liebhaber«, warf Karin ein.

»Ich habe eine Idee, wo wir da nachfragen können«, nickte Kreil.

»Gut, dann machen Sie das«, stimmte Gelbach zu, auch wenn man sah, dass es ihm schwerfiel. »Ich kann mich ja mal hinten herum umhören. Ich nehme an, euer Foto hat auch in anderen Büros Wellen geschlagen.«

»Und wir geben nichts mehr ohne Rücksprache raus«, stimmte auch Forster zu, obwohl Kreil sein Leben nicht von diesem Versprechen abhängig gemacht hätte.

22

Nachtlichter

Die Nacht hatte gegenüber dem Tage noch einmal deutlich an Temperatur verloren. Kreil und Karin verließen das Redaktionsgebäude in ihre dicken Mäntel gehüllt, doch das Beißen der kalten Nachtluft in den Augen war unerträglich geworden, noch bevor sie die wenigen Stufen zum Parkplatz heruntergegangen waren.

Zwei Biegungen weiter stapfte, kurz noch im Licht der Laterne zu sehen, offenbar Gelbach in die Nacht hinein. Eine einzelne Spur Fußstapfen führte durch den Neuschnee über den Parkplatz fort ins Dunkel. Wie ein einsamer Wolf, dachte sich Kreil. Wie ein einsamer Wolf, der ständig auf der Jagd nach Beute ist.

Sie machten ein paar vorsichtige, kleine Schritte über den ungeräumten Platz hin zum Bordstein, blieben erneut stehen.

»Nimmst du den Wagen oder gehst du zu Fuß heim?«, fragte sie schließlich.

»Ich werde den Wagen nicht bewegen«, versicherte Kreil, aber etwas an seinem Ton gefiel ihr nicht.

»Du gehst aber heim?«, fragte sie, doch er schwieg. Also setzte sie nach. »Was ist los daheim?«

»Ach.« Er schwieg wieder. Erst als sie schon im Begriff war, sich abzuwenden, sprach er weiter. »Ich weiß nicht mal, ob daheim noch jemand wartet. Wir ... es gab Streit.«

»Brauchst du einen Platz für die Nacht?«

»Nein. Danke, Karin.«

»Möchtest du mich nach Hause bringen? Einen Schneespaziergang, um den Kopf frei zu bekommen?«

»Karin.«

»Entschuldige.«

»Gute Nacht.«

Sie blickten sich noch einen Moment lang an, dann begann auch sie, durch den Schnee davon zu stapfen. Nach einigen Metern allerdings blieb sie noch einmal stehen, blickte über ihre Schulter zurück und lächelte.

»Geh heim, Phillip.«

Dann ging sie weiter in die Nacht davon.

Kreil stand noch einen Augenblick da, dann ging er zurück in das Redaktionsgebäude, ohne die weiße Nacht auch nur eines weiteren Blickes zu würdigen.

Tag 3

23

Morgenstimmungen

Kreil erwachte, als sein Handy schrill sechs Uhr morgens verkündete. Er hob den Kopf von der Schreibtischplatte, sah sich kurz um Büro um. Offenbar ging sein Plan auf und außer ihm war bisher niemand vor Ort.

Was auch immer der Sanitäter ihm gestern gegeben hatte, es ließ scheinbar in seiner Wirkung nach. Kreil befühlte den bandagierten Kopf, zwang Schwindel und Übelkeit zumindest wieder etwas zurück und rieb sich durch das müde Gesicht. Missmutig blickte er auf sein Handy. Er könnte jetzt daheim anrufen. Es war noch früh, sicherlich, aber wenn Veronica noch dort war, würde sie drangehen. Und dann? Ja, was dann?

Schließlich legte er das Handy weg und reckte auf dem Bürostuhl sitzend die Arme nach oben, bis sein Rücken vernehmlich knackte.

Es war gut, dass es im Haus eine Dusche für eventuelle Nachtschichten gab. Kreil griff sich sein für solche Momente zurechtgelegtes Kleiderbündel und stapfte, noch nicht ganz bei der Sache, der Dusche entgegen.

Karin erwachte hingegen, weil sie nichts hörte. Es war still. Taghell schien das Licht bereits durch ihre hohen Fenster, aber kaum etwas war zu hören. Sie schlüpfte aus dem warmen Bett und zog schnell ihren Bademantel über, ging dann auf blanken Füßen durch das Labyrinth ihrer Umzugskartons zum Fenster hinüber.

Der Schneefall hatte offenbar in der vorigen Nacht nicht aufgehört und Bordsteine, Gehwege, Büsche und Straßen in eine ununterscheidbare, weiße Ebene verwandelt. Darum war es so still. Noch fuhr kein Auto durch die Stadt, der Neuschnee war, von wenigen Fußabdrücken abgesehen, noch vollkommen unberührt.

Karin beschaute sich das scheinbare Stillleben vor ihrem Fenster noch einen Moment, ließ dann aber auf dem Weg zum Bad den Mantel wieder herabgleiten und suchte die Zuflucht einer warmen Dusche. Es war kalt in der Wohnung, aber letztlich war es das in der gesamten Stadt.

Einen ähnlichen Gedanken hatte auch Gelbach, als er sich etwa zur gleichen Zeit in einen Hauseingang zwängte, den Schal halb vor das Gesicht geschlungen und die behandschuhten Fäuste tief in den Taschen seines Mantels verborgen. Gerne hätte er sich in der Bäckerei um die Ecke noch kurz etwas aufgewärmt, doch traute er sich dies nicht mehr. Immerhin war er nicht zufällig hier und langsam war die Zeit gekommen.

Und tatsächlich, trotz des Schneetreibens tauchte am anderen Ende der Straße auf die Minute pünktlich eine einsame Gestalt auf. Auf ihn hatte Gelbach gewartet. Der Polizist harrte geduldig in seiner behelfsmäßigen Zuflucht, bis der andere fast auf seiner Höhe war, dann trat er heraus in die dicken Flocken.

»Gerhard«, grüßte er ihn nur kurz.

Der andere Mann, Gerhard Berger, heute eingesetzt beim GTAZ, dem Gemeinsamen Terrorismusabwehrzentrum, erschrak nicht sichtlich, schaute aber dennoch so plötzlich in seine Richtung, dass sich Gelbach sicher war, ihn zumindest überrascht zu haben.

»Reinhart«, grüßte der andere ebenfalls, reckte seine Hand in einem schweren Lederhandschuh zum Gruße. Gelbach ergriff sie, erwiderte den kräftigen Handschlag des anderen und bemerkte, dass die Handschuhe quarzsandgefüllt waren. Berger war immer im Dienst, wie früher. Gelbach mochte das an ihm – und darauf baute er.

»Was stehst du hier zufällig in einem Hauseingang?«, fragte er ihn nun. Gelbach lächelte.

»Wollte dich außerhalb des Büros abpassen. Können wir irgendwo reden?«

Keine fünf Minuten später saßen sie in der Bäckerei, die eben noch so unerreichbar fern geschienen hatte. In ihren Tassen drehten sich die goldenen Bläschen auf dem frischen Kaffee und langsam kehrte die Wärme in die Finger des Kommissars zurück. Das gelbe Licht in der Stube ließ die Straßen der Stadt wie von einem blauen Filter gefärbt wirken und in der Heizungsluft wirkte die Schneelandschaft mehr wie ein eigenartig lebensnahes Gemälde. Während die freundliche, aber auch noch etwas müde wirkende Bäckersfrau Berger ein Frühstück brachte, kreisten Gelbachs Gedanken ungewohnt ziellos umher. Ob die Frau ahnte, dass hier in ihrem kleinen Laden ein relativ heikles Gespräch stattfinden würde? Oder ob das sogar häufiger passierte? Gelbach begann, sich langsam danach zu sehnen, noch mal mit jemandem ein Gespräch zu führen, der nicht in diese komische Sache verwickelt war. Oder mit jemandem, der nicht in diesem Augenblick im Begriff war, darin verwickelt zu werden.

»Also, worum geht es?«, fragte Berger, freundlich lächelnd. »Ich nehme an, es hat nichts mit der guten alten Zeit und mehr mit Sokolows Bild in der Zeitung zu tun?«

Also gab Gelbach ihm einen groben Abriss über das, was sich in den letzten zwei Tagen ereignet hatte. Er umging einige Elemente, wie etwa den irritierenden Besuch des Oberbürgermeisters, blieb aber ansonsten bei den Fakten.

»Und was kann das GTAZ für dich tun?«, fragte sein Gegenüber, als er geendet hatte.

»Ist Sokolow derzeit in Deutschland?«, fragte Gelbach geradeheraus.

»Du hast ein Foto. Das heißt, die Presse hat eines.«

»Natürlich«, stimmte der Kommissar zu. »Aber wusstet ihr davon? War bekannt, dass er hier ist?«

Nun war es an Berger zu seufzen. Er nahm sich seinen Löffel und das ihm gebrachte Frühstücksei und begann, während er fortfuhr, sanft die Schale abzuklopfen.

»Wir wussten, dass Sokolow in Deutschland ist, ja. Er ist vor zwei Wochen in Maastricht gelandet und von dort aus über die Grenze hinweg nach Deutschland rein. Wir hatten auch Grund zur Annahme, dass er ›geschäftlich‹ hier ist, aber keine Möglichkeit, das zunächst zu verifizieren.«

»Habt ihr ihn unter Beobachtung?«

»Das sagst du so leicht. Er ist kein Idiot, er weiß, dass wir ihn suchen. Aber er weiß auch, dass wir neugierig sind und ihn deshalb nicht hochnehmen. Heute geht es ja nicht mehr um die Attentäter, es geht um die Drahtzieher im Hintergrund. Also hofft GTAZ, dass er irgendetwas tut, was uns an eine große Nummer heranführt.«

»Wie meinst du das?«

»Die Kleinen hängt man nicht mehr, aber die Großen lässt man immer noch laufen.«

»Kann er der Mörder sein, wie die Zeitung schreibt?«

»Wenn du die Minuten, die wir ihn wirklich im Blick hatten oder haben, mit denen vergleichst, in denen das nicht der Fall ist, stehen wir nicht sonderlich gut da. Klar kann er euer Mann sein.«

Berger hatte das Ei freigelegt und versenkte nun seinen Löffel im Weiß. Ein gelbes Rinnsaal troff an der Seite herunter, während der GTAZ-Ermittler einen Bissen nahm. Wieder blickte er Gelbach an.

»Aber wir können nicht zugreifen, selbst jetzt, wo wir wissen, wo er gerade steckt.«

Nun war es an Gelbach, zu lächeln.

»Ich schon.«

24

Spuren

Karin stellte zu ihrem Erstaunen fest, dass die Busse noch oder wieder fuhren und trat den Weg zur Arbeit dieses Mal nicht zu Fuß an. Sie fand einen freien Sitzplatz in einer Vierer-Ecke und verlor sich in Gedanken, kaum dass sie auf die dünnen, unbequemen Polster gesunken war.

Die unnatürlich klingende Computerstimme des Busses kündigte letztlich ihren Halt an und ließ sie aufschrecken. Katrin musste an den Mond denken, als sie aus dem Bus ausstieg und bis zur Wade im Schnee auf dem Bordstein verschwand.

Der Schneefall hatte sich vorerst gelegt, doch waren seine Auswirkungen noch immer massiv. Die Stadt war wie gefroren. Schnee, Reif und Eis bildeten zusammen eine fast durchgehend präsente, weiße Schicht, die alles unter ihrem erlahmenden Bann hielt. Kreil war bereits im Büro gewesen und hatte ihr eröffnet, sie würden den Zug nehmen, um erneut zum Universitätsgelände hinauszufahren. Noch immer machte er ein ziemliches Mysterium aus der Natur seiner Kontakte dort, aber sie war entschlossen, das Rätsel auch noch zu lösen.

Die Entscheidung, den Zug anstelle des Wagens zu nehmen, erwies sich als klug, denn durch die Schneemassen auf den Straßen konnte sich kein Auto mehr problemlos bewegen. Alles schien in einer Art Schlaf zu liegen, als sei es mit einem geheimnisvollen Zauber belegt, der allem das Leben raubte. Wie in einem Märchen. ›Und wenn sie nicht gestorben sind‹, ging es ihr durch den Kopf.

Die Luft war so kalt, dass sie beim Atmen schmerzte. Kreil erzählte ihr auf der Fahrt, dass es heute so kalt sei, dass eine Tasse kochendes Wasser, wenn man sie draußen in einem Schwall ausschüttete, als feiner Pulverschnee zu Boden sinken würde. Sie war gewillt, das zu glauben.

Zunächst hatte die erhöhte Bahntrasse einen schönen Blick auf die Häuser geboten, doch mit der Zeit war sie wieder ebenerdig geworden. Die kleinen Vorort-Bahnhöfe wirkten wie ein Tor in eine andere Welt. Mit jedem Halt wurden die Gebäude rustikaler, aber auch verfallener. Viele Bahnhöfe waren im Jugendstil gehalten, aber offenbar nie so pompös gewesen wie ihre historischen Vorbilder, und Löcher in den Kassen der Stadt führten nun mittlerweile auch zu Löchern in Fassaden und Fenster. An manchen Bahnhöfen musste Personal die Trittbretter wieder lostreten, wenn die Türen sich schlossen, da die kurze Zeit bereits reichte, dass sie in ausgefahrener Position festfroren.

Solange der Zug aber fuhr, fühlte sie sich ein bisschen wie in der transsibirischen Eisenbahn, mit Pulverschnee, der meterhoch an ihren Fenstern vorbeigeschleudert wurde. Sibirien. Das erinnerte sie an Sokolow und drängte eine Frage auf, die sie die meiste Zeit auszublenden suchte.

Was taten sie hier gerade eigentlich genau?

Kreil war durchaus beeindruckt, als er an diesem Tage zum zweiten Mal das neue Campusgelände betrachtete. Der eiskalte, aber klare Tag schien der Welt ein ungeahntes Maß an Schärfe und Präzision zu geben. Ein Gefühl, das vermischt mit den ganz offenbar postmodernen Bauwerken des neuen Geländes eine völlig surreale Stimmung vermittelte, der durch den starken Kontrast zu den Eindrücken ihrer Anreise nur noch verstärkt wurde. Es war, als seien sie durch die Vergangenheit gereist, um in der Zukunft auszusteigen.

Die neue Verwaltung wirkte bei Tage betrachtet noch viel mehr wie ein ominöser Glaspalast und Kreil bemerkte, wie ganz offenbar nahezu alle Glasscheiben von innen stark beschlagen waren, was dem Gebäude etwas Gespenstisches gab.

An der Rezeption saß, soweit Kreil das beurteilen konnte, derselbe junge Herr, der schon bei seinem letzten Besuch dort gesessen hatte. Oder jemand, der ihm erstaunlich ähnlich sah. Der junge Mann besaß jedenfalls denselben trainierten Körperbau, dieselben harten, aber makellosen Gesichtszüge und denselben gelangweilten Gesichtsausdruck. Vielleicht gab es aber wirklich mehrere von seiner Sorte, denn er reagierte nicht auf Kreils Anblick und wenn er ihn auch nur erkannte, so zeigte er es nicht. Kreil führte Karin direkt an der Rezeption vorbei auf das Treppenhaus zu – diesmal hatte er die Zimmernummer ja bereits.

Kreil klopfte und trat durch die Tür, ohne eine Reaktion abzuwarten. Vogel saß wieder an seinem Schreibtisch und Erstaunen durchzog sein Gesicht, als er die beiden Journalisten in sein Büro treten sah. Sein Blick spiegelte für einen Moment eine Unsicherheit wieder, so, als wisse er nicht recht, was er mit seinen Gästen anfangen solle, dann setzte er jedoch schnell ein geübtes Lächeln auf.

»Phillip!«, rief er aus, klang dabei erfreuter als seine Augen es erscheinen ließen. »Und ich nehme an, dass die junge Dame in deiner Begleitung eine Kollegin von dir ist?«

Karin stellte sich vor, reichte dem Mann die Hand und fügte sich dann, wie auch Kreil, dem Deuten ihres Gegenübers auf die freien Stühle am Schreibtisch.

»Was führt dich denn so schnell schon wieder nach hier?«, erkundigte er sich, den Blick nun fest auf Kreil gerichtet.

»Ich suche noch immer Antworten«, gab dieser zurück.

»Ich hab deine Fragen doch schon beantwortet?«

»Ausweichend, wie sich gezeigt hat.«

»Was meinst du?«, fragte Vogel und lehnte sich nur vorgeblich entspannt auf seinem Bürostuhl zurück.

»Du hättest mir sagen sollen, dass die Tote einen Gönner an der Uni hatte.«

Karin hatte das Gespräch bisher beobachtet wie einen Schlagabtausch, jedem Satz mit ihrem Blick folgend, doch Kreils letzte Aussage verharrte einen Moment unbeantwortet im Raum. Es war unklar, ob Vogel erahnte, dass Kreil einfach ins Blaue geschossen hatte. Beide Männer schauten sich einen langen Moment an. Dann war es Vogel, der zögerlich antwortete:

»Warum sollte ich so etwas überhaupt wissen?«

»Weil ihr ein verdammtes Memo hattet, dass ihr ganz oben Bescheid geben sollt, wenn Sonja noch mal auftaucht«, entgegnete Kreil kalt. »Weil über so etwas immer geredet wird, gerade wenn solch obskure Anweisungen die Runde machen. Und weil gerade hier, in der Personalverwaltung, solche Fäden immer irgendwann zusammenlaufen.«

Wieder schwieg Vogel, schien dann aber nach einem Moment wie unter einer schweren Last zusammenzusinken. »Sie hatte einen Förderer. Gardner, Klaus Gardner. Ist ebenfalls ein Dozent hier an der Universität und hat Frau Ahnig gewissermaßen aus den Studierenden heraus- und in den Lehrkörper hineingeführt.«

»Und das hieltest du für unnötig zu erwähnen?«, fragte Kreil, während er sein Gegenüber kalt anstarrte. Irgendetwas war ihm gerade ins Auge gefallen, aber er konnte selbst nicht Finger darauf legen, was es war.

Irgendein Teil des Puzzles, das wichtig war, das sich aber noch weigerte, den ihm zugedachten Platz im Gesamtbild preiszugeben.

»Phillip«, lenkte Vogel beschwichtigend ein und riss ihn damit aus der Überlegung, »du weißt doch selber, wie so etwas ist. So etwas regelt man intern. Das muss man ja nicht alles groß und breit nach außen tragen. Warst doch selber lange genug dabei.«

»Und bin deshalb gegangen«, konterte Kreil. Karin aber musste entsprechend erstaunt geschaut haben – zumindest erstaunt genug, dass Vogel es bemerkt hatte.

»Hat er Ihnen das nicht erzählt?«, erkundigte er sich mit einem süffisanten Grinsen. »Phillip Kreil war Dozent an unserer Universität, sogar recht lange. Und dann, man war sich schon recht sicher, dass er bald den Weg zur Professur antreten würde, ist er gegangen, mir nichts, dir nichts.«

Karin blickte erstaunt zu ihrem Kollegen herüber, der sie nun auch ansah. Wie so oft zuvor entdeckte sie da den Schalk in seinen Augen, aber auch – Neugierde? Sein Blick wirkte fast prüfend und für einen kurzen Moment hielt sie ihm stand.

Dieser Augenblick reichte und ihr war klar, was es nun zu sagen galt. Ihre Augen richteten sich wieder auf den Mann auf der anderen Seite des Schreibtischs.

»Herr Vogel«, eröffnete sie, durch und durch sachlich, »wie würden Sie das Verhältnis zwischen der verstorbenen Sonja Ahnig und Herrn Gardner beschreiben?«

Vogel sah sie erstaunt an und Karin meinte, Kreil unmerklich nicken zu sehen.

»Was außerhalb der Uni lief oder nicht lief, das weiß ich nicht«, sagte Vogel schließlich. »Aber er hat sie wie gesagt von früh an gefördert. Sie war zeitweise erst als Wissenschaftliche Hilfskraft und später als Forschungsassistentin für ihn tätig. Und er hat ihr später wohl ziemlich direkt geholfen, ihre Stelle bei AnthroLogics zu bekommen.«

»Sie gehörte zu AnthroLogics?«, horchte Kreil auf.

»Ja, eine der Stellen, die über die Universität vergeben werden. Hat drüben gearbeitet, im AL-Forschungshaus, direkt hier auf dem Campus.«

»Auch das hast du nicht erwähnt. Kannst du mir sagen, aus welchem Fachbereich sie stammte?«

»Fakultät 3 sagen die Unterlagen«, erklärte Vogel und Kreil legte die Stirn in Falten.

»Maschinenbau?«

»Mittlerweile ‚Informatik und Maschinenbau‘, aber genau. Das sagt aber nichts weiter aus. AL rekrutiert die meisten Hilfskräfte aus den Fakultäten 2 und 3«, sagte Vogel, und ergänzte dann mit einem Blick zu Karin: »Fakultät 2 sind die Biologen und Chemiker.«

»Was genau hat sie bei AL gemacht?«

»Das müsstest du Gardner fragen, in meinen Unterlagen steht nur ‚Hilfskraft‘.«

»Wo finden wir denn diesen Herrn Gardner?«, brachte sich Karin wieder ein.

»Ich mach euch einen Ausdruck seiner Kontaktdaten«, sagte Vogel. Er wirkte wie ein geschlagener Hund. Kreil war sich nicht sicher, wie das genau kam, aber er bedauerte es. Dies klang einfach nicht wie das Gespräch unter Freunden, dass es hätte sein sollen.

Sie warteten noch, bis das Blatt begleitet von leichtem Ozongeruch aus dem Laserdrucker kam, dann erhoben sie sich beide und verließen Vogels Büro ohne weitere, große Worte.

»Vogel scheint nicht der einzige zu sein, der seine Geheimnisse hat«, stellte Karin fest, während sie das Treppenhaus wieder herabeilten. Der Geruch der frisch angebrachten, neuen Holzvertäfelungen erfüllte den gesamten Gang.

»Ist nicht mein liebstes Thema«, gab Kreil zu.

»Wer sagt uns, dass Vogel uns nicht gerade sonst was erzählt hat?«, fragte Karin nach.

Kreil stoppte und blickte sie direkt an.

»Josef ist ein Freund.«

»Ein Freund«, erwiderte sie, »der dir schon mal nicht die ganze Wahrheit gesagt hat.«

»Das ist etwas anderes, als mich geradewegs anzulügen.«

»Nur der Form halber.«

Kreil seufzte und setzte seinen Weg die Treppe herab fort. Karin folgte ihm dicht. So leicht ließ sie ihn nicht vom Haken.

»Ich kenne Josef seit dem Studium. Wir haben uns damals oft nach der Uni noch am Hauptbahnhof getroffen. Wir setzten uns gegenüber einer Imbissbude oder eines kleinen Ladens hin, und dann diskutierten wir bei ein paar Bier all die Probleme dieser Welt. Oft stundenlang.«

»Menschen ändern sich.«

»Und Josef hat sich verändert«, gab Kreil sofort zu und trat durch die Doppelflügeltüre zurück in die Eingangshalle. »Aber nicht so.«

Als sie wieder über den Vorhof des Hauses gingen, blickte sich Kreil noch einmal um. Irgendwo im zweiten Stock hatte sich jemand offenbar an der beschlagenen Scheibe gerade ein Guckloch gewischt. In dem Raum brannte jedoch kein Licht.

Gemeinsam gingen sie zurück zum Bahnhof »Neuer Campus«.

25

Anrufer

»Wir haben Grund zu der Annahme, dass der Mann bewaffnet und gewaltbereit ist. Wir sprechen hier von einem Terroristen, der seit Jahrzehnten im Dienst ist. Nehmt den Mann ernst, er lässt keinen Raum für Fehler.«

Soweit war Gelbach zufrieden. Ganter hatte mit großer Verlässlichkeit eine Handvoll guter Polizisten organisiert, die nun rund um Gelbachs Tisch standen und ihm zuhörten. Während Ulbrich die Akten an die Männer austeilte, saß Ganter hinter seinem Kommissar auf dem Tisch und nickte gelegentlich. Gelbach wusste, dass die Leute vor ihm alle sehr große Stücke auf seinen Stellvertreter hielten und wusste daher diese zusätzliche Stärkung seiner Autorität durchaus zu schätzen.

»Wir bauen darauf, dass sich jemand auf die Anzeige in der Zeitung melden wird«, fuhr er fort. »Es ist zwar nicht unsere Anzeige, aber wir vertrauen darauf, dass es noch Bewohner in dieser Stadt gibt, die nach der Polizei rufen statt die Presse, wenn sie einen Terroristen erkennen.«

»Hat Lörner den Einsatz abgenickt?«, wunderte sich einer der Polizisten.

»Natürlich«, log Gelbach. Er wusste, dass es Erstaunen war, das zu der Frage geführt hatte, keine Kritik. Mehrere Polizisten in Alarmbereitschaft zu versetzen aufgrund der vagen Hoffnung, einen Hinweis zu erhalten, war natürlich Irrsinn. Es sei denn, man wusste, dass der Hinweis kommen würde.

»Wir haben nur ein sehr geringes Zeitfenster, wenn die Information eintrudelt«, erklärte Ganter. »Das heißt, wir werden sofort reagieren müssen. Insofern ist es wichtig, alle eventuellen Fragen hier und sofort zu klären. Wir wissen nicht, wann ein Anruf eingehen wird. Hat noch jemand eine Frage?«

Niemand meldete sich. Sie alle blätterten einmal die Unterlagen durch, die Ulbrich zusammengestellt hatte. Sehr umfassend, aber auch großteilig nicht sehr aktuell.

Die internationalen Ermittlungsorgane saßen recht sicher auf den neueren Informationen und gaben sie nicht sehr bereitwillig heraus.

Das Telefon klingelte. Alle schreckten aus ihren Akten hoch und blickten zu der kleinen Station auf Gelbachs Schreibtisch. Der hob den Hörer ab und drückte einen Knopf, um das Gespräch zugleich auf den Lautsprecher zu legen.

»Hallo?«, meldete sich eine Herrenstimme, die alleine Gelbach als die Stimme Bergers erkannte.

»Hauptkommissar Reinhart Gelbach. Wie kann ich Ihnen helfen?«

»Köller mein Name. Ich hab den Mann gesehen. Den Terroristen. Den aus der Zeitung«, stammelte Berger mit einem überzeugend gespielten, lokalen Dialekt.

»Wo war das?«

»In der Nordgalerie. Sie wissen, das Einkaufszentrum.«

»Und wann?«, erkundigte sich Gelbach, die angespannten Züge seiner Kollegen beobachtend.

»Ja, gerade jetzt. Sitzt da in einem Internet-Café im dritten Stock.«

»Haben Sie vielen Dank. Gehen Sie jetzt am besten nach Hause, Herr Köller. Wir kümmern uns um die Angelegenheit. Seien sie unbesorgt.«

Berger legte auf. Gelbach ließ den Hörer sinken und nickte seinen Leuten zu.

»In Ordnung, wir haben unsere Information. In drei Minuten will ich euch alle unten in zwei verdeckten Einsatzwagen sehen. Ganter, du führst die Männer runter und teilst sie in zwei Teams auf.«

Der großgewachsene Mann ließ sich vom Schreibtisch gleiten und ging zügig mit den anderen Polizisten los. In diesen Momenten nahmen die Bewegungen seines Stellvertreters immer etwas Raubtierhaftes an, wie Gelbach einmal mehr feststellte. Der Kommissar wartete einen Augenblick, dann wandte er sich Ulbrich zu.

»Wie lange fährt man zur Nordgalerie?«

»Von hier aus? Viertelstunde, denke ich.«

»Gut, dann warte 20 Minuten, dann rufst du GTAZ an. Lass dir da einen Herrn Berger geben und dann berichtest du dem, was bei uns an Informationen eingetroffen ist.«

»Okay?« Der junge Kollege war sichtlich verwirrt.

»20 Minuten. Und danach gehst du zu Lörner und drückst ihm den kurzen Bericht in die Hand, der da vorne auf meinem Schreibtisch liegt.« Gelbach wies auf ein kleines, braunes Couvert mittig auf der Schreibunterlage. »20 Minuten, Ulbrich.«

»Jawohl.«

Auf dem Weg herunter in den Keller zum Fuhrpark des Hauses spürte der Kommissar, wie sein Handy in der Jackeninnentasche brummte. Er zog es hervor und fand dort eine SMS: »Sind Sie außer Haus? Nach Wiederkehr sofort in mein Büro. Lörner.«

Grimmig lächelte Gelbach. Das war neu. Und er wollte gar nicht wissen, was diese SMS dem armen Ulbrich in Kombination mit seinem Botengang nachher für ein Geschrei einbringen würde. Aber zumindest würde es nicht den jungen Kollegen erwischen, wenn zweifelsohne im Anschluss jemand Köpfe rollen sehen wollte, sondern wenn ihn, als Verantwortlichen.

In diesen Momenten fragte sich Gelbach gelegentlich, ob er wirklich so klug war, wie er manchmal gerne glaubte.

26

Wirtschaft

Petra Leitner war eine eigentümliche Gestalt. Karin war der Kollegin nicht groß vorgestellt worden, sie hatte nur zuvor mitbekommen, dass Kreil sie in der Wirtschaftsredaktion ihrer Zeitung angerufen und herbestellt hatte. Daher kannte sie wenigstens ihren Namen und wusste, in welchem Ressort sie arbeitete.

Leitner war von relativ stattlicher Größe und hatte recht imposante Schultern, trug ihre schwarzen Haare bis knapp unter die Ohren und versuchte sie, mehr schlecht als Recht, mit einem Mittelscheitel zu ordnen. Sie trug kein Hemd, sondern nur ein T-Shirt, schwarz mit der weißen Aufschrift »$€££«. Ihr rechter, muskulöser Arm war bis etwa zur Armbeuge mit Souvenir-Lederbändern einer britischen Biermarke geziert. Bisher wartete Karin noch immer darauf, einen halbwegs normalen Mitarbeiter der Zeitung kennenzulernen.

Dass Kreil grinsend neben ihr saß und Forster, einen Diätjoghurt löffelnd, in der Ecke lehnte, machte die Gesamtsituation nicht besser. Leitner hatte einen Laptop und einen Beamer mitgebracht und aufgestellt, verteilte danach auf dem Tisch vor sich noch einen Berg von mitgebrachten Unterlagen und brauchte offenbar selber einen Moment, zu sichten, was sie vor sich hatte. Dann nickte sie, mehr zu sich selbst, blickte schließlich erst fragend zu Kreil, danach zu Forster. Der nickte zurück.

»AnthroLogics«, begann sie, sehr schnell sprechend, zu erläutern, »ist ein so genanntes Projekthaus zum Zwecke der Spitzenforschung an der hiesigen Universität.« Hinter ihr erschien über den Beamer zunächst das Logo der Organisation, gefolgt von weiteren Bildern der Firmengebäude und leitenden Verantwortlichen. »Natürlich ist das ein geschönter Ausdruck und die ganze Aufmachung eine Fassade. Wenn auch als solche hübsch anzusehen.«

Leitner begann, langsam durch den Raum zu wandern, während sie fortfuhr. Sie schien sich offenbar dabei in Fahrt zu reden.

»AnthroLogics operiert zunächst einmal unabhängig von dem Verwaltungsapparat der Universität und tut dies mit dem Zwecke, als unabhängige Instanz eine Verbesserung von Forschung und Lehre anzustreben. In der Anfangszeit der Studiengebühren ist auch davon ein Teil aus diesem Grund heraus in die Firma geflossen, aber mit der Zeit wurden zumindest da Riegel vorgeschoben.«

»Wer arbeitet dort?«, fragte Forster.

»Vor allem zieht man Leute aus den Naturwissenschaften, scheint mir. Physik und Maschinenbau, Mathematik, der Rest vom Ingenieurswesen. Ein paar Chemiker sicher auch.«

»Also ein Universitätsprojekt unter vielen?«, erkundigte sich Kreil.

»Beileibe nicht«, konterte Leitner und schüttelte den Kopf. »Der Zweck der Truppe, Verbesserung der Forschung und Lehre, ist zwar bekannt, aber was sie genau tun, um diesen Zweck zu erreichen, das weiß keiner so richtig.«

»Das ist aber oft so bei Universitäten«, warf Karin ein.

»Und in der Politik«, ergänzte Forster.

»Oh, zu der kommen wir gleich noch, keine Sorge. Denn AnthroLogics ist nicht so selbstständig, wie es heißt. Sie ist eine Unterfirma, ein Subsidiar sozusagen, einer anderen Firma namens ›Binary‹, die sich auf Software-Lösungen im Bereich kreativer Denkarbeit fokussiert. Alles relativ schlechtes Zeug.« Das Logo von Binary erschien hinter Leitner an der Wand. »Binary aber wiederum ist eine GbR, bestehend aus drei Leuten. Zwei davon kennt keiner, außer halt dem Namen nach, eine aber ist Regine Feuer, die Ehefrau von Christian Feuer, dem Rektor der Universität. Klar, was das heißt?«

»Riecht nach Steuerhinterziehung«, kommentierte Forster über den Joghurtbecher hinweg. Leitner nickte.

»Wir vermuten das zumindest. Rein geschäftlich laufen AnthroLogics und die Verwaltung der Uni natürlich getrennt, aber nachts, wenn die Nachttischlampe ausgeschaltet wird, liegen der Rektor der einen und ein Drittel des Führungsstabes der Mutterfirma der anderen unter der gleichen Bettdecke. Es ist relativ naheliegend, dass da Absprachen laufen. Und wenn die schon mal laufen, ist es ebenfalls naheliegend zu vermuten, dass Etats da zwischen beiden Instanzen so verteilt werden, dass sich das am Ende steuerlich gut macht. Freibeträge, Mindestauslagen, zweckgebundene Finanzrücklagen, so was halt. Aber es kommt dicker.«

Karin beugte sich vor und runzelte die Stirn. Es schien ihr, als sei sie gerade in eine Welt geworfen worden, von der sie vor fünf Minuten noch nicht geahnt hatte, dass sie existiert. Leitner fuhr fort, mit ausladenden Gesten ihrer Arme den Vortrag untermalend.

»Geldwäsche funktioniert in drei Stufen. Einspeisung, Verschleierung und Integration. Bei der Verschleierung wird das fragliche Geld in einem derart hohen Maße hin und her überwiesen, oft in kleinen Beträgen zwischen zahlreichen Firmen, bis das Netz so undurchschaubar ist, dass niemand mehr nachvollziehen kann, aus welcher Quelle es ursprünglich kam. Normalerweise findet man das bei irgendwelchen Verbrecher-Organisationen, aber geht auch anders. Etwa, wenn man Geld aus einer Quelle bekommt, die man vielleicht nicht in aller Munde wissen will.«

»Sokolow«, erkannte Karin.

»Alte, russische Machtgruppen«, korrigierte Forster.

»Eure Thesen. Gute. Aber kann ich halt nicht belegen«, sagte Leitner.

»Kennst du einen Klaus Gardner?«, fragte nun Kreil. Irgendwas nagte da noch immer an ihm.

»Gardner? Oh, ganz andere Baustelle.« Leitner lief um den Tisch herum, brachte scheinbar alle ihre Unterlagen in Unordnung und zog dann eine kleine geheftete Mappe hervor. Nach kurzem Blättern hatte sie, was sie suchte.

»Wusste ich es doch. Klaus Gardner. Der Mann ist ein Spin-Doctor.«

»Ein was bitte?«, erkundigte sich Kreil.

»Ein Spin-Doctor. Früher hätte man Image-Berater gesagt, denke ich. Speziell im politischen Bereich«, führte Leitner aus. »So auch Gardner. Gehörte im letzten Wahlkampf wohl zu den engeren Vertrauten, die geholfen haben, die Kampagne für unseren Oberbürgermeister zu schmeißen.«

»Gardner gehörte zum Stab von Kolmen?«, fragte der Redaktionsleiter.

»Jepp«, bestätigte Leitner salopp.

»Gardner gehört zu AnthroLogics«, sagte Kreil.

»Tut er?«

»Zumindest dem Personalbüro der Universität nach schon.«

»Seht ihr«, sagte Leitner, »das meinte ich mit einer unklaren Informationslage bei der Firma und ihren Angehörigen.«

»Wie kann ich mir das denn seitens der Uni vorstellen? Wie kriegt man so etwas wie AnthroLogics denn pauschal mit den Instituten verbunden?«, fragte Karin.

»Oh, Timing. AL wurde während der langen Semesterferien im Sommer einberufen. Viele Leute in Urlaub, sehr kurzfristige Sitzung, weil irgendwelche Förderbeträge keinen Aufschub dulden. Ganz zufällig ist aber jeder der mög-

lichen Befürworter in der Stadt, es wird in einer beschluss-
fähigen Personenzahl abgestimmt und die, die sich eben
noch in der Sonne von Lanzarote die Geheimratsecken rot
gebrannt haben, kommen wieder und stehen vor gefällten
Entscheidungen.«

Karin blickte auf die Projektion, die nun wieder das
Logo von AnthroLogics zeigte. Das L schien sich um das
A zu winden, fast wie die Schlange bei einem Äskulapstab.
Sie blickte wieder zu Leitner, die mehrfach etwas hektisch
in den Raum blinzelte und ihnen dann ein Lächeln zuwarf.

»Können wir das noch mal kurz zusammenfassen?«, fragte Karin schließlich in den stillen Raum.

»AnthroLogics ist eine Firma, die eigentlich unabhängig
die Lehre der Universität stützen soll«, begann Kreil. »Aber
sie ist nicht wirklich unabhängig, wie sich zeigt, da sie eine
Unterfirma eines Betriebes ist, der unter anderem von Regine Feuer, der Frau des Rektors Christian Feuer, geleitet
wird. Es gibt allerlei Verdächtigungen, Steuerbetrug und
Geldwäsche vorweg, die aber bisher keiner richtig beweisen
kann oder will. Die Tote, Sonja Ahnig, war gewissermaßen
der Protegé von Klaus Gardner. Er ist aber auch, neben seinem Job bei AnthroLogics, im Beraterstab unseres Bürgermeisters Stefan Kolmen gewesen. Beides nicht geheim, aber
auch nicht groß beworben. Alles soweit richtig, Petra?«

Leitner bestätigte mit einem neuerlichen »Jepp.«

»Versuch herauszufinden, was genau Gardner eigentlich
bei AnthroLogics gemacht hat. Hatte er eine Projektgrup-
pe, betrieb er PR, irgendeine offizielle Jobbeschreibung
muss der Mann ja haben«, beorderte Forster Leitner, bevor
er seinen Blick auf Karin und Kreil richtete. »Und ich denke, ihr solltet euch dann wirklich mal persönlich an Gardner heranmachen«.

27

Nordgalerie

Vier Etagen ragte die Nordgalerie in die Höhe. Vier große Rundgänge, die einen hübsch gestalteten Innenhof umrankten, in dessen Mitte je nach Saison unterschiedliche Kunstwerke ausgestellt wurden. Gelbach warf in aller Eile einen Blick herab. Dort stand eine seltsame Figur aus geschweißten Metallplatten, eher skurril als schön und sollte sie etwas darstellen, so wusste er zumindest nicht, was es war.

In gewisser Weise war er ganz froh, keine Zeit dafür zu haben. Er hatte sein Einsatzkommando in zwei Teams unterteilt und bildete mit Ganter zusammen eine dritte Gruppe, alle in Zivil gekleidet. Team 1 nahm den Aufzug, Team zwei die Rolltreppe am vorderen Gebäudeteil und Gelbach passierte gerade den zweiten Stock auf jener am hinteren Ende. Sokolow, so war ihre letzte Information durch einen einzelnen Zivilbeamten gewesen, saß nach wie vor in dem Internetcafé im dritten Stock.

Ganter wirkte angespannt und Gelbach hoffte, dass das für die anderen Polizisten auch galt. Sie würden keinen zweiten Versuch kriegen – wenn Sokolow ihnen hier entkam, war er vermutlich verschwunden. Genauso wie Gelbachs Posten, auch wenn er sich selber eingestand, dass der möglicherweise jetzt bereits Vergangenheit war. Vermutlich sogar mit gutem Grund.

Das grausame Wetter sorgte für eine geringe Besucherzahl, was einerseits gut war, denn so waren weniger Zivilisten im Umfeld, andererseits machte es sie natürlich auch potentiell auffälliger. Mit all dem weißen Schnee, der das Licht draußen reflektierte, wirkte es ohnehin ungewöhnlich grell in dem Gebäude und Gelbach kam nicht umhin, sich auf dem Präsentierteller zu fühlen.

Sie erreichten den dritten Stock und näherten sich dem Internetcafé. Es war ein recht großes Ladenlokal mit grob geschätzt 30 Plätzen, an denen jeweils ein Bildschirm stand, deren Qualität allerdings vom modischen Flachbildschirm bis zum alten Röhrenmonitor reichte. Team 1 hatte es sich an einer kleinen Brücke bequem gemacht, die den Rundweg mittig verband, und gab sich offenbar als Geschäftsleute in der Mittagspause aus. Das war gut. Team 2 näherte sich von der anderen Seite in gleicher Geschwindigkeit dem Laden.

»Recht viele Leute in dem Geschäft«, sagte Ganter und zeigte dabei auf das Schaufenster irgendeiner Boutique. Gelbach wusste dennoch, dass er das Internetcafé meinte und musste zugeben, dass sein Kollege Recht hatte. Nur eine Handvoll Terminals war derzeit unbesetzt.

Team 2 näherte sich ebenfalls beständig der Türe. Ihrem jetzigen Tempo nach sollten die gerade hindurch sein, bevor er und Ganter die Schwelle erreichten. Gelbach blickte erneut auf die Gäste – und traf genau den Blick eines Mannes, den er bisher nur von Fotos kannte. Sokolow, vielfacher Mörder und professioneller Attentäter, wenn man den Akten glaubte, blickte ihm geradewegs in die Augen.

Es war nicht der Blick eines Irren, wie man es vielleicht vermuten mochte. Es war auch nicht der eiskalte Blick eines kaltblütigen Verbrechers. Die Augen des Russen, von tiefen, rötlichen Ringen unterlaufen in einem kreidebleichen Gesicht, umrahmt von scheinbar dünner Haut und auf wenige Millimeter gestutzten Haaren, waren ruhig und hielten seinem Blick ohne jede Nervosität stand. Dieser Moment, mehr als einen Augenblick konnte er nicht gedauert haben, schien sich endlos auszudehnen. Der Kommissar versuchte zu ergründen, was in diesen ruhigen Augen für eine Emotion ruhte. Fast wirkte es wie eine Form von Anerkennung, der wohlwollende Blick eines Trainers zu seinem Boxschüler, der gerade seinen ersten Kampf gewonnen hatte, oder der eines

Vaters, der seinen Sohn besah, wenn dieser eine Auszeichnung erhielt.

Die Magie des Augenblicks allerdings verflog und das laute Ambiente des Einkaufszentrums mit Musik, Durchsagen und sonstigen Umgebungsgeräuschen schien regelrecht wieder auf ihn einzubranden.

Noch immer zwanzig Meter von dem Eingang entfernt, sah Gelbach, wie Sokolow sich ruhig erhob, seine kleine Aktentasche von dem Computer nahm und ruhigen Schrittes begann, den Laden zu durchqueren.

»Team 2, Team 1! Wir wurden gesichtet. Zugriff, Zugriff!«, raunte Gelbach in sein kleines Mikrofon, das er verborgen unter seinem Kragen trug, und beschleunigte seine Schritte. Team 2 beschleunigte auch, Team 1 machte sich ebenfalls auf. Der Terrorist durchquerte gelassen das Geschäft.

»Gibt es einen Hinterausgang?!«, entfuhr es Gelbach ungläubig.

»Nicht nach den Plänen«, entgegnete Ganter.

Sokolow hatte fast den Tresen des Ladenbesitzers erreicht, Team 2 fast die Türe. Dann geschah es alles ganz schnell. Sokolow setzte in einer fließenden Bewegung über die Auslage hinweg und kam neben dem Eigentümer zu stehen. Dieser wollte protestieren, kam aber nicht mehr dazu. Der Russe schlug ihm, noch immer in der gleichen Bewegung, mit der er den Tresen überquert hatte, so präzise und schnell auf den Kehlkopf, dass der Mann still zu Boden ging, ohne dass viele Leute es mitbekommen hätten. Was sie jedoch mitbekamen, war ein Schuss aus einer Waffe, die plötzlich in Sokolows Hand ruhte, den dieser geradewegs in die Decke setzte.

»Zugriff!«, brüllte Gelbach nun, das Mikrofon ignorierend. Sie alle rannten los, doch die Leute in dem Laden ebenfalls – nur in die andere Richtung. Einen Moment hatten sie nur irritiert auf den Mann geschaut, als hätte das Gehirn einen Augenblick gebraucht, das Geräusch und die Pistole miteinander in Einklang zu bringen. Dann aber setzte ihre Reaktion wieder ein und Chaos brach aus. Die panisch Fliehenden strömten Team 2 entgegen und auch das hinzustoßende Team 1 konnte wenig mehr machen, als sich dahinter an der völlig blockierten Eingangstüre anzustellen. Rufen brachte wenig.

Der Kommissar beschloss, alles auf eine Karte zu setzen. Er griff seine Waffe fester und wandte sich an die Fensterfront neben der blockierten Türe.

Ein Schuss durch die Frontscheibe des Ladens, schräg in den Boden, um niemanden zu gefährden, verlieh der gesamten Front einen seltsamen Eindruck, als wäre das komplette Glas von Blasen durchzogen. Drei, vier beherzte Tritte von Ganter und ihm reichten nun, um die komplette Scheibe in einen Scherbenregen zu verwandeln, der sie noch einmal zum Zurückweichen zwang.

Die beiden Polizisten blickten einander noch einmal an, dann stürmten sie in den Laden. Gelbach hoffte einfach, dass ihm die Teams 1 und 2 schnell folgen würden.

Karin wählte die Nummer, die sie von Leitner bekommen hatte, und wartete dann geduldig, während das Freizeichen wieder und wieder ertönte. Sie überlegte schon, aufzulegen, als sich eine warme Frauenstimme am anderen Ende der Leitung meldete.

»Büro von Oberbürgermeister Kolmen, wie kann ich Ihnen helfen?«

»Karin Weidenroh. Ich rufe im Namen des Stadtkuriers an und hätte zwei, drei kurze Fragen an den Herrn Oberbürgermeister. Ist er derzeit im Haus?«

»Ich glaube schon, Frau Weidenroh«, antwortete die Sekretärin, »ich schaue gerne mal nach. Worum geht es?«

»Wir arbeiten derzeit an einer Artikelreihe über die weniger bekannten, aber doch maßgeblichen Helfer in und um das Rathaus. Ich hätte daher ein paar Fragen zu Herrn Klaus Gardner.«

»Einen Augenblick bitte.«

Karin blickte auf und schaute Kreil an, der sie gespannt beobachtete. Er hatte die Finger ineinander gefaltet und die gestreckten Zeigefinger auf seine Lippen gelegt.

»Weißt du, was mich stört«, fragte sie, während das Telefon die enervierende Jazz-Musik der Warteschleife an ihr Ohr trug. Als Kreil nur unmerklich den Kopf schüttelte, fuhr sie fort: »Wenn du ein Haus wie AnthroLogics besetzt, was für Leute nimmst du dann?

»Worauf möchtest du hinaus?«

»Ich habe vorhin mal die auf der offiziellen Webseite von AnthroLogics geführten Mitarbeiter soweit möglich online recherchiert. Pressemitteilungen, das Dissertationsregister der Uni, aber auch die sozialen Netzwerke.«

»Und?«

»Das sind alles Pragmatiker. Macher. Für eine Einrichtung zur Förderung der Lehre hat AL weder Pädagogen noch Leute aus der Organisationsentwicklung im Team. Das sind Ingenieure und Techniker.«

Kreil runzelte die Stirn, doch bevor er etwas sagen konnte brach die Jazz-Musik ab und Karin bedeutete ihm, zu schweigen.

»Frau Weidenroh?«, fragte die Stimme der Telefonistin.

»Ja?«

»Es tut mir furchtbar Leid, Herr Kolmen ist im Moment doch außer Haus. Er wird Sie aber zurückrufen, sowie er die Zeit findet.«

Freizeichen.

Karin legte auf und berichtete, wie das Gespräch verlaufen war. Kreils Lippen formten nun hinter seinen Fingern ein diesmal fast boshaftes Lächeln.

»Volltreffer«, sagte er.

Gelbach und Ganter setzten beide über den röchelnden Ladeninhaber hinweg und betraten dessen hintere Büroräume. Sie mussten das Licht nicht einschalten, um zu sehen, wohin Sokolow geflohen war. Ganter entfuhr ein Fluch.

Vor ihnen prangte ein etwa mannsgroßes Loch in einer Gipskarton-Wand. Dahinter konnten sie das Metallträgerwerk erkennen, sowie die Hohlräume zwischen den einzelnen Geschäftsparzellen. Gelbach zögerte nicht lange und setzte dem Flüchtenden nach, während Ganter zu seinem Mikrofon griff.

»Achtung, Achtung. Verdächtiger hat sich Zugang zu den Wartungsgängen verschafft und bewegt sich derzeit in den Hohlwänden der Galerie. Augenblicklich sämtliche Gebäudeausgänge sichern!«

Gelbach derweil drückte sich, so schnell er konnte, durch die Zwischenräume. Zwar waren die Wände weit genug auseinander, um bequem stehen zu können, doch die Metallstützen verengten den Weg immer wieder, sodass er wahlweise nur seitlich oder gebückt vorankam. Ihm gefiel die Situation nicht. Gar nicht.

Es fiel kein Licht in die Wartungsgänge und noch reichte der Widerschein aus, der durch Sokolows Loch hineinfiel. Aber mit jedem Schritt wurde es dunkler. Nach einem Dutzend Trägern und, den Geräuschen nach zu urteilen, zwei weiteren Ladengeschäften, erreichte er eine Luke im Boden. Der Deckel war daneben angelehnt, der Durchgang breit genug für einen Menschen. War dies eine Finte, oder hatte Sokolow das Stockwerk gewechselt?

Gelbach sah zurück, doch Ganter war gerade noch dabei, sich in den Zwischenraum zu winden. Der Hüne hatte sichtlich Schwierigkeiten mit dem gegebenen Platz und würde zu lange brauchen, um aufzuschließen. Der Kommissar seufzte.

Er kniete an der Luke ab, setzte seine beiden Hände links und rechts davon auf und ließ sich dann, relativ ungebremst, in die Öffnung gleiten. Er musste dran denken, wie der Russe vorhin katzengleich über den Tresen gehuscht war – das konnte kein gutes Ende nehmen. Und das Klacken hinter ihm gab ihm Recht.

Er erkannte das Geräusch als den Hahn einer Pistole, nur Bruchteile bevor er das kalte Metall des Laufs in seinem Nacken spürte.

»Waffe fallenlassen«, ertönte ein sanfter Bariton hinter ihm.

Gelbach zögerte, stand bewegungslos dort, seufzte jedoch auf, als der Lauf stärker gegen seinen Hals gedrückt wurde.

»Bitte«, sagte der andere, »die Waffe.« Selbst diese wenigen Worte waren von einem starken, russischen Akzent durchzogen, der es erstaunlich machte, dass Sokolow stets unerkannt in fremden Ländern reiste. Aber eines blieb ohne Zweifel: Er bluffte nicht.

Widerstrebend ließ der Kommissar seine Pistole fallen, die mit einem lauten Knall auf dem trockenen Boden des Wartungsganges aufschlug.

»Name?«

»Ich bin Kommissar Gelbach, und ---«

»Kommissar. Gut. Ich brauch dich, Kommissar. Eingänge versperrt, brauch ich Verhandlung.«

»Sie können hier nicht mehr raus. Geben Sie einfach auf und ich versichere Ihnen, dass Ihnen kein Leid zugefügt wird.«

»Danke, dass du verstehst«, knurrte der Russe, als habe er den Kommissar gar nicht gehört. Er verlieh seinen Worten Gewicht, indem er den Lauf erneut härter gegen Gelbachs Nacken drückte, und gab eine einfache Anweisung: »Nun geh.«

»Er hat ihn gekannt!«, entfuhr es Kreil. Karin, die ohnehin gerade in der Warteschleife irgendeiner Auskunft hing, blickte fragend von ihrem Telefon auf.

»Herrmann«, erklärte Kreil. »Er hat Klaus Gardner gekannt.«

»Was macht dich so sicher?« fragte sie.

»Kurz bevor er starb, hat Herrmann etwas zu mir gesagt. Ich dachte, es wäre ein Satz gewesen, aber es war ein Name. ‚aus‘ und ‚gar‘ hatte ich verstanden.«

»Wie in Klaus Gardner«, stimmte sie ihm nun begeistert zu. »Das heißt, dass beide Toten mit dem Mann zu tun hatten. Aber kann das nicht auch einfach daran gelegen haben, dass er sie gefördert hat?«

»Er hat seine letzten Atemzüge darauf verwandt, diesen Namen zu sagen, Karin«, widersprach Kreil. »Ich weiß noch nicht warum. Aber ich weiß sehr sicher, dass ich es wissen möchte.«

Gelbach zögerte, auch wenn es ihm mit dem kalten Metall im Nacken schwer fiel. Es war fast vollständig dunkel hier, aber seine Augen gewöhnten sich an die Finsternis und er hatte keinen Zweifel, dass es Sokolow nicht anders ginge. Gab es ein Entkommen? Momentan sah er es nicht. Nach oben kam er nicht mehr, der Mann hinter ihm hatte die Oberhand und vorweg gab es zunächst nur den schmalen Wartungsgang ohne Chance auf Abzweigung. Sicher, er konnte durch den Gipskarton genauso brechen wie Sokolow, aber wenn er es nicht auf Anhieb schaffte, war er tot.

»Geh!« Der Russe war nicht lauter geworden, aber die Autorität in seiner Stimme hatte urplötzlich stark zugenommen.

Langsam setzte sich Gelbach in Bewegung. Schritt für Schritt gingen sie durch den schmalen Gang, doch während das Hirn des Kommissars auf Hochtouren arbeitete, verlor der kalte Lauf nie den Kontakt zur Haut des Ermittlers.

Dann ging alles ganz schnell. Er hörte plötzliches Gepolter hinter sich in dem schmalen Gang, das Metall der Waffe wurde unsanft von ihm gerissen und ein lauter Aufprall folgte. Gelbach fuhr herum und sah, dass der Russe mit dem Kopf voran durch eine der Gipswände getrieben worden war. Helles Licht fiel durch das gezackte Loch und im Widerschein erkannte er Ganter, der noch immer den Waffenarm des Russen im festen Griff hatte. Unbemerkt war sein Kollege ihnen offenbar gefolgt. Die Lektionen beim Grenzschutz hatten offenbar anhaltende Wirkung gehabt.

Auch der Assassine war erkennbar geschult im Nahkampf, doch dem Schraubstock, den die Finger des Polizisten bildeten, konnte er sich nicht so leicht entwinden. Ganter riss den nun kalkweißen Kopf Sokolows wieder aus der Wand heraus und für einen Augenblick sah Gelbach direkt in die aufmerksamen Augen des Russen, die halb hinter jener Säule aus Licht und Staub verborgen waren, die nun aus dem Nebenraum ragte. Ganter beschloss, nichts dem Zufall zu überlassen und schlug seinen Widersacher auch noch gegen die andere Wand. Dem kalten Klatschen nach verbarg sich dort jedoch massiver Beton unter dem Gips. Er ließ den benommenen Russen zwischen ihnen auf den Boden gleiten, griff nach seinen Handschellen und legte sie an, bevor der andere wieder einen klaren Gedanken fassen konnte.

Sokolow kicherte nun, spuckte einen roten Klumpen auf den Boden und sagte etwas auf Russisch. Dann blickte er Gelbach direkt an und wiederholte, diesmal auf Deutsch: »Ich gebe auf. Hast mich gefangen, Kommissar.«

28

Druckmittel

Zufrieden marschierte Kreil in Forsters Büro. Langsam begann die ganze Geschichte eine Form anzunehmen – und eine Form bedeutete, dass man es auch schreiben und damit vor allem auch drucken konnte.

Forster jedoch hatte noch das Telefon am Ohr und bedeutete ihm, still zu sein. Vorsichtig schloss Kreil die Türe hinter sich und nahm gegenüber seines Chefredakteurs Platz, woraufhin dieser den Lautsprecher einschaltete.

»… daher war ich doch etwas überrascht, als ich erfuhr, dass Mitarbeiter deines Ressorts hinter Gardner herspitzeln.«

Kreil erkannte die Stimme nicht sogleich, doch Forster löste das Rätsel für ihn.

»Herr Kolmen«, setzte er an, doch wurde er von der Stimme aus dem Lautsprecher unterbrochen.

»Sagen Sie Stefan.«

»Leider weiß ich aus dem Stegreif auch nicht, worum es genau bei dem Telefonat ging, aber ich bin mir sicher, dass es sich nur um ein paar allgemeine Fragen handelte.«

Für einen Moment herrschte Stille, dann fuhr der Oberbürgermeister fort.

»Alfred … ich darf doch Alfred sagen? Ihre Zeitung und die Stadtverwaltung haben in der Vergangenheit ja immer gut zusammengearbeitet. Wir sind einander nie auf die Füße getreten und wir sind doch auch beiderseits immer sehr gut gefahren mit dieser Politik, finden Sie nicht?«

»Worauf möchten Sie hinaus?«, fragte Forster.

»Umgekehrt muss man halt auch sagen, dass es ohne diesen gegenseitigen Willen zur Zusammenarbeit sehr schwierig wäre, dass wir unsere Arbeit machen. Für mich, aber ganz sicher auch für dich. Du verstehst, worauf ich hinaus will?«

Forster schwieg, was Kolmen wohl als Zustimmung verstand und fortfuhr.

»Diese Frau Weidenroh, die bei mir angerufen hat«, erklärte er in dem entspannten Plauderton, von dem viele glaubten, er sei eine der Eigenschaften, die ihm das Amt gebracht hätten, »ist neu hier in der Stadt, nicht wahr? Vielleicht versteht sie noch nicht genau, dass wir hier gemeinsam an Dingen arbeiten. Denn nur gemeinsam bewegt man etwas. Das sollte man ihr vielleicht einmal erklären.«

»Ich denke, Frau Weidenroh wird sich hier schnell einleben«, erwiderte Forster. »Sie hat eine sehr schnelle Intuition, was diese Dinge betrifft.«

»Sehr schön. Nun gut Alfred, ich muss hier auch weiter, freut mich, dass wir uns in der Sache so schnell einigen konnten. Wir hören voneinander.«

Und damit legte er auf. Die beiden Journalisten sahen einander einen langen Augenblick lang an.

»Phillip«, sagte Forster letztlich, »habt ihr was Greifbares?«

»Wir sind nahe dran.«

»Es ist gefährlich, im Dunkeln herumzustochern, wenn man von Skorpionen umringt ist.«

Es klopfte und auf Forsters fast unwirschen Wink trat Karin ein. Sie grinste selbstzufrieden und verkündete: »Ich hab Gardner.«

»Inwiefern?«

»Der Mann ist nicht leicht zu erreichen. Wohnhaft ist er laut Registereintrag nicht hier, sondern in Hamburg. Dort aber ist niemand telefonisch zu erreichen. Allerdings hat er eine Ferienwohnung, hier mitten in der Stadt. Ich hab mit dem dortigen Verwalter telefoniert, der bereitwillig ausgeplaudert hat, dass Gardner auch derzeit in der Stadt ist. Sei er eigentlich fast immer, meinte er. Es gibt keine feste Telefonleitung dort, aber ich habe die Appartementnummer.«

»Warum besitzt jemand, der hier an der Uni arbeitet, keine vernünftige Wohnung in der Stadt?«, wunderte sich Kreil.

»Es wirft vielleicht weniger Fragen auf, zumindest was das Register betrifft.«

»Fragt ihn das selber«, sagte Forster, »aber überlegt euch gut, wie ihr das macht. Ich vermute, wenn ihr Gardner einmal aufschreckt, solltet ihr bereit sein für den Sprint auf der Zielgeraden.«

Sie waren schon beide auf dem Weg nach draußen, als Forster noch einmal zu ihnen aufschloss. Karin erkannte etwas in seinem Blick und nickte dann.

»Ich lass euch zwei kurz alleine und geh schon mal vor.«

Kreil wartete, bis sie außer Hörweite war.

»Hat meine Frau noch mal angerufen?« fragte er.

»Nein.«

»Warum wolltest du dann noch mal mit mir reden?«

»Weil deine Frau nicht noch einmal angerufen hat«, erklärte Forster.

Kreil wich seinem Blick nun aus.

»Hör mal, die Sache hier ist groß«, fuhr sein Chef fort, »aber ich fühle mich nicht wohl bei dem Gedanken, dass mein bester Journalist sich in so eine Sache verbeißt, nur um daheim seiner Pflicht nicht ins Gesicht sehen zu müssen.«

»Das ist es nicht«, beteuerte Kreil.

»Das will ich hoffen«, knurrte Forster. »Das will ich hoffen.«

Kreil wandte sich ab und folgte Karin.

»Bring's in Ordnung, verdammt noch mal!«, rief Forster ihm nach.

29

Sokolow

Gelbach betrat das Verhörzimmer. Sokolow hatte den Kampf mit Ganter erstaunlich gut verkraftet und nur eine leichte Verfärbung seiner Wange sowie ein Pflaster auf der linken Augenbraue deuteten überhaupt noch darauf hin.

Die große Augen des Russen ruhten gelassen in ihren tiefen Höhlen, die Hände des Mannes, kräftig und von lebenslanger Arbeit gezeichnet, lagen flach nebeneinander auf dem metallenen Tisch. Keine Regung ging über die Züge des Russen, als sich der Kommissar ihm gegenüber hinsetzte, während auch Ulbrich eintrat und die Türe hinter sich schloss.

»Sind Sie gut versorgt worden?«, erkundigte sich Gelbach.

»Danke. Ja.«

»Dann wollen wir beginnen.«

»Kommissar? Ich bin sehr durstig.«

»Hat man Ihnen nichts zu trinken gegeben?«

»Nein.«

»Ulbrich, bringen Sie dem Mann bitte einen Plastikbecher mit Wasser. Keine Tasse.«

Der junge Polizist nickte, klopfte, wurde aus dem Raum gelassen und ein Beamter schloss die Türe von außen wieder. Sokolow lachte.

»Was ist so komisch?«

»Siehst du nicht, Kommissar? Keine Minute, und schon tu nicht ich, was du willst, sondern du, was ich möchte.«

Für einen Moment schwiegen beide. Dann war es Gelbach, der fortfuhr.

»Name?«

»Sokolow.«

»Bürgerlicher Name?«

»Sokolow.«

»Der echte Name, verdammt noch mal!«, entfuhr es Gelbach.

»Jewgenij Ibramowitsch Samjatin.«

»Samjatin war Autor.«

»Oh, kannst ja lesen, Kommissar«, höhnte der Russe.

»Mein Name ist Gelbach.«

»Angenehm. Meiner ist Sokolow.«

Der Schließmechanismus der Türe unterbrach das Gespräch und Ulbrich trat mit einem Becher voller Wasser ein. Der junge Mann stellte das Gefäß vor dem Russen ab und sah dann, für Gelbachs Geschmack etwas zu auffällig, zu, dass er wieder Abstand zu dem Verbrecher bekam.

»Man wirft Ihnen eine ganze Reihe von Morden vor«, fuhr der Kommissar fort, »hierzulande wie auch im Ausland.«

»Ich weiß.«

»Haben Sie Sonja Ahnig getötet?«

Sokolow schwieg, aber lächelte.

»Sind Sie schuldig?«

»Ich bin Russe, Kommissar.«

»Haben Sie getötet?«

»Der erste Tote in meinen Händen war mein Vater.« Sokolow blickte ihm direkt in die Augen. »Er schlug uns oft.«

»Davon reden wir nicht!«

»Ich habe ihn mit einem Trinkglas getötet, Kommissar.«

Stumm richteten alle drei ihre Blicke auf den schlanken Plastikbecher, der unberührt neben Sokolows linker Hand stand.

»Ich werde nicht lange hier sein«, stellte der Russe fest.

»Das habe ich die Tage schon mal gehört«, erwiderte Gelbach bitter.

»Ja, Bresicz. Tragisch. Aber er hatte Recht, nicht wahr?«

»Sie glauben, dass Sie sterben werden?«

»Ich bin Sokolow, Kommissar. Es wäre schmerzvoll für sie, mich verlieren. Aber viel schmerzvoller, würde ich reden.«

»Wer soll das sein? ‚Sie‘?«

»Oh Kommissar, ich habe früh gelernt, diese Frage nicht zu oft zu stellen.«

Gelbach atmete tief durch. Seine Finger waren eiskalt.

»Seit wann sind Sie in der Stadt, Herr Sokolow?«

»Nur Sokolow.«

»Warum sind Sie hier?«

»Geschäftlich. Kooperation mit lokalem Gewerbe.« Er lächelte.

»Wer?«

»Man spricht nicht über Kunden.«

»Wir werden Ihnen den Mord an Sonja Ahnig ohnehin nachweisen, Sokolow!«

»Ah, geht doch, Kommissar.«

Gelbach atmete tief durch. »Wenn Sie jetzt gestehen«, versuchte er es erneut, »kann ich Ihnen Sicherheitsverwahrung anbieten.«

Schweigen.

»Haben Sie keine Angst, dass man Sie holen wird?«, fragte der Kommissar weiter.

Noch bevor der Russe antworten konnte, klopfte es und die Türe wurde geöffnet. Ganter stand dort. Gelbach erhob sich, trat zu seinem Kollegen und bemühte sich, so leise zu sprechen, dass der Gefangene es nicht hören konnte.

»Was ist denn?«, fragte er.

»Lörner will uns sehen. Alle drei«, erklärte Ganter.

Leise erklang ein Kichern hinter ihnen. Lange. Gedehnt. Als sich Gelbach umwandte, trafen ihn erneut die kalten Augen Sokolows und schnitten tief wie Messer in ihn hinein.

»Was ist, Kommissar? Kommen Sie dich auch bereits holen?«

30

Abgefangen

Mittlerweile war es dunkel geworden in der Stadt. Zwar war es auf den Straßen ob des Schnees noch immer hell genug, um jedes Detail auszumachen, doch aus der Lobby des »Tauris« getauften Hauses voller Ferienwohnungen der gehobenen Klasse schien alles jenseits der hohen Frontscheiben in Schwärze zu versinken. Aber auch darin war es winterlich kalt.

Der Portier hatte eine Mütze auf und weit über die Stirn herabgezogen, und schaute missmutig, während er regelmäßig seine Hände, in klobigen Handschuhen verborgen, aneinander rieb. Kreil hatte seinen Mantel ebenfalls nicht abgelegt, sondern sich regelrecht darin eingeschlungen, bevor er es sich in der kleinen Sitzecke gemütlich gemacht hatte. Es war ein bequemes Sofa, eines dieser Art, in die man glaubte, bis zum Halse zu versinken. Das Muster darauf wirkte auf Kreil altbacken, aber vielleicht war das auch gerade wieder angesagt. Er blätterte in einem der kostenlosen Monatsblätter, die überall in der Stadt verteilt wurden, doch seine Augen waren fast durchgehend auf die Drehtüre gerichtet. Mehrfach schon hatte er sich angespannt, als Männer, vom stetig fallenden Schnee in ein weißes Tuch gehüllt, hereingestolpert waren, doch nie war es der, auf den er wartete.

Etwas brummte in seiner Jacke. Kreil blickte auf sein Handy und zögerte. »Vogel, Josef« stand dort. Einen langen Moment dachte er darüber nach, ob er die Nachricht einfach löschen sollte, doch dann entschied er sich anders. Er öffnete die SMS, sorgsam darauf bedacht, die wichtige Einstellung nicht zu verändern, die Karin für ihn vorbereitet hatte.

»Wenn du reden möchtest. Wie früher. J.V.«

Kreil schüttelte den Kopf und wollte das Mobilfunkgerät wieder in seinem Mantel verschwinden lassen, als das Display erneut aufleuchtete. Kreil nahm den Anruf an, bevor der Klingelton erklang. Es war Leitner.

»Der Kapitän sagt, du bist gerade an Gardner dran?«, fragte sie. Kreil bejahte, woraufhin die Anruferin fortfuhr: »Okay, ihr wolltet ja wissen, was genau er bei AnthroLogics getrieben hat und treibt. Grundsätzlich PR, das war ja zu erwarten. Kaum eine Pressemeldung von Belang, die nicht sein Kürzel trägt. Er scheint nicht ganz oben zu sitzen, eher ein Bindeglied zur Außenwelt.«

»Und was war die Ahnig dann?«, hakte Kreil nach. »Eine Art Sekretärin?«

»Assistenz in der Projektleitung. Das ist es nämlich – Gardner hat auch ein eigenes Forschungsprojekt betreut. Das weiß ich aber auch nur, weil ich Stellenangebote querverglichen habe, Sachbearbeiter, Anforderungsfelder und Abteilungen.«

»Und?«

»Neben ein paar Verwaltungsjobs wurde im letzten halben Jahr ein Ingenieur mit Vorkenntnissen im Bereich GLONASS gesucht.«

Kreil atmete einmal durch, um nicht genervt zu klingen, als er antwortete. »Angenommen ich wüsste nicht, was das ist …«

»Oh, sorry.« Leitner klang nicht so, als wäre ihr bewusste, dass sie das Gebiet des Allgemeinwissens bereits verlassen hatte. »Globalnaja nawigazionnaja sputnikowaja sistema. Will sagen: Das Russen-GPS.«

»Die haben ein eigenes?«

»Klar, das geht auf den Kalten Krieg zurück. Kannst du dir vorstellen, dass die Russen ihre Navigation den Vereinigten Staaten überlassen würden?«

»Sehe ich ein«, gab Kreil zu.

»Sie haben das schon in den 70ern angefangen. 1996 war es fertig, ist dann aber über die Jahre heruntergekommen, bevor Putin es 2008 wieder in den Vollausbau hat zurückversetzen lassen.«

»Irgendeine Idee, was die bei AL mit einem GLONASS-Fachmann wollen könnten?«

»Keinen Plan, nein. Günstig Hardware eingekauft? Mobiltechnik mit Verbindung zum russischen Markt? Aber ich rate hier nur.«

»Gibt's eine Korrelation zwischen dem GLONASS-Programm und der Sokolow-Timeline, die wir haben?«

»Nicht mal, wenn du den Kopf schief legst und schielst, nein.«

Kreil dankte ihr, legte auf und verstaute das Handy wieder. Jetzt wurde es wirklich Zeit, dass seine Zielperson auftauchte.

Als Gardner schließlich eintrat, war Kreil sofort klar, dass es der war, auf den er wartete. Es war die Vertrautheit, mit der sich der andere in dem Foyer bewegte, ganz wie ein Mann sich in seiner eigenen Wohnung verhalten würde. Ein kurzes, wissendes Nicken zu dem frierenden Portier. Ein erkennendes Lächeln einer jungen Angestellten, die gerade mit einem Koffer durch den Raum ging. Keine Frage, dieser Mann wohnte schon länger hier.

Neugierig gönnte sich Kreil einen Moment der Betrachtung. Gardner war schwer zu schätzen, vermutlich aber jenseits der vierzig, doch in den Gesichtszügen jung geblieben. Sein noch immer volles, dunkles Haar trug zu dem Eindruck bei und wäre, wenn der andere nicht gerade durch den Schneesturm gelaufen wäre, vermutlich sehr adrett frisiert gewesen. Er trug keine Brille, und falls er Ringe trug, so waren sie noch unter seinen Handschuhen verborgen. Die große, glänzende Armbanduhr war nicht zu übersehen, doch Kreil wusste nicht zu sagen, ob es vielleicht ein Imitat war.

Der Zeitpunkt war gekommen.

Der Journalist erhob sich aus seinem Sessel, legte dabei das Magazin weg und machte einige größere Schritte durch den Raum. Das Klackern seiner Absätze hallte von den dunklen Fliesen wider. Erst jetzt wurde ihm klar, dass Gardner groß war, sicherlich jenseits von 1 Meter 90. Nun, dann würde Kreil sich wohl nicht imposant vor ihm aufbauen können. Aber das war ohnehin nicht sein Plan gewesen.

»Herr Gardner?«, rief er vernehmbar durch das Foyer. Der andere stoppte und sah ihn neugierig an.

»Ja bitte?«

»Herr Gardner, schönen guten Abend. Mein Name ist Phillip Kreil, ich bin Journalist.«

»Ihr Name sagt mir etwas, Herr Kreil. Wenn Sie mich nun entschuldigen würden?«

»Ich hatte gehofft, dass wir uns einen Augenblick unterhalten könnten?«

»Ich hatte einen langen Tag. Und ich wüsste ehrlich gesagt auch nicht«, fügte er mit Biss in der Stimme hinzu, »worüber Sie und ich zu reden hätten.«

Mit den Worten wandte er sich zum Gehen, doch Kreil trat noch einen Schritt auf ihn zu und setzte mit einem Flüstern alles auf eine Karte:

»Über ihre Affäre mit der vor wenigen Tagen verstorbenen Sonja Ahnig.«

Gardner blieb stehen, musterte ihn und warf dann einen finsteren Blick zur Decke. Für einen Moment schien er seine Möglichkeiten zu überdenken, dann nickte er.

»Also gut. Das Haus verfügt über eine passable kleine Bar, wollen wir dort reden?«

31

Abgenommen

»Was glauben Sie denn eigentlich, wer Sie sind?!«

Lörner war nun schon eine Weile mit Schreien beschäftigt, doch noch immer fand er Raum, sich darin zu steigern. Seine rot angelaufene Haut zeichnete sich markant gegenüber seinem weißen Hemdkragen ab und eine mächtige Ader pochte an seiner Schläfe. Gelbach war innerlich gespannt und wusste, dass es auch Ganter so ging. Ulbrich dagegen wirkte, als sterbe er gleich vor lauter Schuldbewusstsein.

Als sein Vorgesetzter fertig war, ergriff der Kommissar das Wort:

»Wir haben immerhin Sokolow festgenommen.«

»Aber ohne Rücksprache! Nicht auszudenken, was hätte passieren können. Es waren viele Unschuldige in der Galerie!«

»Wir haben GTAZ informiert.«

»Nachdem Sie losgefahren sind! Genau wie mich! So funktioniert eine Befehlskette nicht! Das hat nichts mit verantwortungsvoller Polizeiarbeit zu tun!«

»Und doch haben wir Sokolow festgenommen.«

»Ja«, gab Lörner unwillig zu und fuhr sich gereizt durch die Haare, »ein Umstand, der einzige Umstand, der vermutlich verhindern wird, dass sie alle ihre Koffer packen können.«

»Ganter und Ulbrich ---«

»Falls es nicht zur Anklage gegen Sie kommt, Amtsmissbrauch oder dergleichen!«

»Ganter und Ulbrich haben nur getan, wozu ich sie angewiesen habe.«

»Ist ja rührend, dass Sie den Kopf für Ihre Komplizen hinhalten wollen, aber ich bin nicht blöd genug, Ihnen das abzukaufen.« Lörner kam langsam zur Ruhe, atmete einmal tief durch, bevor er fortfuhr. »Sie sind raus aus der Sokolow-Sache. Sie haben da bereits genug Chaos angerichtet. Ob wir weitere Schritte gegen Sie einleiten werden, klären wir morgen, da muss man heute keine Pferde mehr scheu machen. Sokolow geht morgen an die zuständigen Bundesbehörden weiter.«

Widerstrebend nickten die drei Beamten.

»Und jetzt raus mit Ihnen!«

Gelbach fegte in einem Tempo aus dem Gebäude, dass es Ganter und Ulbrich schwerfiel, mit ihrem Vorgesetzten Schritt zu halten. Erst in der Tiefgarage wurde er wieder langsamer und ließ die beiden aufschließen.

»Entschuldigt, dass ich euch da reingeritten haben«, murrte er, während sie zwischen den parkenden Autos entlanggingen.

»Wir wussten, was wir taten«, gab Ganter nur zurück und sogar Ulbrich nickte.

»Wenn Lörner morgen mit Kolmen spricht«, erklärte der Jüngste von den dreien und rückte seine Brille zurecht, »wird der nur dankbar zustimmen, uns ganz rauszuwerfen. Lörner mag einfach nach den Regeln spielen wollen, aber ich denke beim OB ist die Sache eindeutig.«

»Das heißt, wir haben nur ein schmales Zeitfenster«, sagte Ganter.

»Und Sokolow ist weg«, stimmte Gelbach zu, »ganz egal auf welche Art und Weise, aber mit der Übergabe an die Bundesbehörden ist er für uns außer Reichweite. Ob man ihn jetzt rausboxt, umbringt oder wirklich überführt.«

»Außerdem hat er uns den Fall abgenommen!« keuchte Ulbrich, doch die beiden älteren Männer lächelten beide.

»Da irrt der Kleine«, unkte Ganter.

»Er hat uns die Sokolow-Sache weggenommen«, erklärte Gelbach. »Er hat nichts von Sonja Ahnig sagt. Das gibt uns Spielraum.«

»Damit drehst du aber den Wortlaut seiner Anweisung gegen das, was er damit gemeint hat.«

»Da wird er mit leben müssen. So wie ich die Sache sehe, schaffen wir es entweder, die Sache in das rechte Licht zu rücken, bevor Lörner morgen mit Kolmen spricht, oder wir sind den Job los, ganz gleich ob wir die Füße nun stillhalten oder nicht.«

»Ich bin gegen Stillhalten«, bekräftigte Ganter.

»Und du?« fragte Gelbach Ulbrich.

Der junge Mann überlegte einen Moment.

»Ich bin dabei.«

32

Zimmerservice

Karin stand am Fuße des Gebäudes und blickte die halb vereiste Feuerleiter empor. Das war nicht exakt das, was sie sich ausgemalt hatte, als sie zu der Stelle hier vor Ort zugesagt hatte, aber es wäre auch gelogen, wenn sie es nicht reizvoll nennen würde. Sie blickte auf die Uhr. Der Mann, von dem sie sicher war, dass es sich um Gardner handelte, war vor zehn Minuten im Foyer verschwunden. Jetzt oder nie.

Sie nahm ein paar Schritte Anlauf, sprang ab – nicht, ohne dabei leicht auf dem eisigen Boden auszurutschen – und schlug hart mit den erhobenen Unterarmen gegen die ersten Stufen der Feuerleiter. Eigentlich hätte dieses Stück der Leiter nun nach unten ausrollen sollen, doch offenbar war das Metall gefroren und bewegte sich keinen Deut. Karin seufzte, sammelte ihre Kräfte und begann, sich Sprosse für Sprosse allein mit den Armen hinaufzuarbeiten. Sie begann schnell unter ihrer dicken Winterjacke zu schwitzen und als sie endlich weit genug oben war, um den ersten Fuß auf die unterste Sprosse zu setzen, hakte sie ihren Arm ein und kam erst einmal wieder zu Atem.

Obwohl ihr der Schweiß im Gesicht stand, begann die Kälte an ihr zu nagen, durch das blanke Metall nur noch verschlimmert. Und die Zeit lief ihr davon. Also begann sie, sich weiter nach oben zu arbeiten. Nummer 204 hatte man ihr gesagt und wenn sie sich nicht vertan hatte, sollte das Zimmer recht leicht von der Leiter aus zu erreichen sein.

Als sie an die Scheibe gelangte, hinter der sie Gardners Zimmer vermutete, gab ihr dies keinen Hinweis auf seinen Bewohner. Viel sehen konnte sie durch das Glas ohnehin nicht, zumal ihr Atem dazu führte, dass es sofort beschlug. Vorsichtig fühlte sie, doch natürlich war es verschlossen.

Nun, für irgendetwas musste die Recherche zum Thema Einbruchstechniken ja gut gewesen sein. Behutsam, um ihn nicht aus ihren unterkühlten Fingern gleiten zu lassen, zog sie einen großen Schraubendreher hervor, blickte sich noch einmal um und setzte ihn dann an das Holz an.

»Kommen Sie zum Punkt, meine Zeit ist begrenzt und ich habe keine Muße für dieses belanglose Geplänkel.«

Kreil war nicht überrascht. Man wurde vermutlich nicht Spin-Doctor eines Oberbürgermeisters, indem man lange um den heißen Brei redete. Dennoch hätte er es gerne gesehen, wenn sie länger mit Worten umeinander geschlichen wären – Karin konnte die Zeit gebrauchen.

»Ich weiß«, log er, »dass sie eine Affäre mit Frau Ahnig hatten. Ob vor oder während ihrer Beziehung mit Herrn Herrmann ist mir unklar, ist aber auch nicht relevant.«

»Finden sie nicht, dass es einen Unterschied macht, ob ich – wenn Ihre Behauptung der Wahrheit entsprechen würde – eine sexuelle Beziehung oder eine wirkliche Affäre mit Frau Ahnig gehabt hätte?«

»Moralisch? Sicherlich. Für die Presse ist es aber egal. Frau Ahnig und Herr Herrmann sind beide tot, sie waren da irgendwie involviert, das reicht so oder so für einen Aufmacher. Widerrufe auf Seite 8 liest niemand.«

»Wenn aber die Sachlage im Grunde irrelevant ist«, schlussfolgerte Gardner und Kreil nickte aufmunternd, »dann sind Sie aus einem anderen Grunde hier. Aus welchem?«

»Geld.«

»Ah. Wie offensichtlich.«

Der Trick an schlechten Fenstern ist es, dass die Splinte, die es verriegeln, wenn man den Hebel umlegt, ein Stück zurück in die Führung geschoben werden können, damit sie nicht verkannten. Ein bisschen Druck an der richtigen

Stelle und schon sprang das Fenster auf. Machte man es geschickt, blieben nicht mal Spuren zurück.

Das war der Aufmacher von Karins Artikel über die alltäglichen Gefahren von Einbrüchen gewesen. Sie war sich sicher gewesen, dass ihr das auch privat einmal nützen würde. So aber hatte sie sich das nicht gedacht.

Sie setzte den Schraubendreher an der dritten Stelle an und blickte sich erneut um. Die Straße war weiterhin vollkommen menschenleer.

Ein leichter Hieb auf den Griff des Werkzeugs und mit einem leisen Klacken glitt das Fenster vor ihr wie von Geisterhand auf. Wärme schlug ihr entgegen, offenbar heizte der Bewohner ordentlich für die Nacht vor. Sie umfasste den Fensterrahmen, stemmte sich hoch und ließ sich auf der anderen Seite geräuschlos auf den Boden ab. Karin drehte sich um, schloss das Fenster hinter sich wieder und verriegelte es. Wie erhofft schloss es und nichts wies mehr darauf hin, dass sich jemand daran zu schaffen gemacht hatte.

Sie öffnete ihre Jacke, förderte einen Müllbeutel zu Tage und ließ ihre schweren Schuhe darin verschwinden. Mit einem Lappen aus dem Beutel wischte sie den tauenden Schnee unter dem Fensterbrett auf, dann verstaute sie ihn bei den Schuhen, verschloss den Beutel und legte beides zusammen neben dem Couchtisch in der Mitte des Raumes ab. Außer diesem, einem Fernsehtisch, einem kleinen Sofa und einem hohen, schmalen Schrank voller Jacken war das Zimmer leer.

Karin blickte auf die Uhr und seufzte. Das dauerte alles viel zu lange. Zeit, einen Verbrecher zu überführen.

»Welche Garantie geben Sie mir«, tastete sich Gardner vor, »angenommen ich würde auf Ihr Angebot eingehen, dass Sie tatsächlich die Füße stillhalten, wenn ich Ihnen die 30.000 Euro besorge?«

»Keine«, räumte Kreil ein. »Sie würden sich auf mein Wort verlassen müssen. Ich verstehe, dass das für Sie ein großes Risiko darstellt, aber was für eine Wahl bleibt Ihnen?«

»Man könnte aber auch die Zahlung als Schuldeingeständnis werten, Herr Kreil. Dann schnitte ich mir selber ins eigene Fleisch.«

»Kaum.« Kreil beugte sich verschwörerisch vor. »Ich erklärte Ihnen ja bereits, dass Fakten für die Wirkung meines Artikels keine Rolle spielen. Wenn Sie wollen, tun Sie also meinethalben so, dass Sie das Geld zahlen, weil man Sie mit einem angedrohten Rufmord erpresst hat. Aus so einer Behauptung baue ich höchsten noch einen zweiten Aufmacher.«

Gardner lehnte sich auf seinem Stuhl zurück, fixierte Kreil und trank nachdenklich an seinem Wasserglas.

Karin hockte in der Mitte eines kleinen Raumes, den sie als Arbeitszimmer ausgemacht hatte. Der Rechner bot keinerlei interessante Daten und war schon wieder aus, auch wenn sie mal die persönlichen Dateien auf einen USB-Stick gezogen hatte. Aber das war es nicht. Das war es alles nicht, wonach sie suchte.

Ein Sofa. Das hatte sie aber schon untersucht. Zwei Bilder und eine Wanduhr, aber dahinter war nichts zu finden. Der Schreibtisch hatte vier Schubladen, die hatte sie sich bereits angesehen. Selbst der Mülleimer war vollkommen leer.

Erneut blickte sie über den Boden. Stecklaminat. Sicher, es war möglich, darunter etwas zu verstecken, aber das erschien ihr zu aufwendig und würde auf Dauer Spuren hinterlassen. Andererseits …

Karin zückte ihre LED-Taschenlampe und legte sie flach auf den Boden. Dann leuchtete sie kreisrund den Raum ab. Ihr Blick blieb an einer Fußleiste hängen. Zuerst wusste sie nicht, was ihre Aufmerksamkeit erregt hatte, aber dann erkannte sie es. Nicht der Boden darunter wies Spuren auf, aber die Wandvertäfelung dahinter war ein zwei Stellen haarfein gesplittert. Sie krabbelte hinüber und begann, mit den Fingern die Ränder abzutasten.

»Ich denke, ich lehne ab«, beschloss Gardner.

»Sie müssen wissen, was für Sie am besten ist«, versuchte Kreil es erneut, doch der andere lächelte nun nur müde über den Versuch.

»Ich denke nicht, dass Ihr Chef dumm genug wäre, sich auf eine solche Rufmord-Kampagne einzulassen. Sicherlich, vielleicht ruinieren Sie mich damit, aber selbst wenn keiner den Widerruf liest, so würde die nachfolgende Klage meinerseits vermutlich ihr kleines Lokalblatt vollständig vernichten.«

Gardner erhob sich, fuhr aber noch fort:

»Hätten Sie hingegen etwas Konkretes in der Hand, hätten Sie hier nicht so ominöse, offene Behauptungen anstellen müssen. Ergo haben Sie nichts. Und darum werden Sie auch kein Geld von mir kriegen.«

Kreil erhob sich ebenfalls, musste aber weiterhin zu dem anderen Mann aufschauen. Dieser reichte ihm unerwartet sogar die Hand. Der Journalist schüttelte sie etwas überrascht und ließ den anderen dann gehen. Seine Hand wanderte in seine Tasche, förderte das Handy hervor, das Karin für ihn vorbereitet hatte. Er wählte das vereinbarte Symbol auf dem Display aus.

»Jetzt«, lautete die SMS, die Karin erhielt. Sie wusste ohne zu schauen, was dort stand; der Absender reichte. Erneut wanderte ihr Blick auf das, was sie hinter der Vertäfelung gefunden hatte: Es war ein Ultrabook.

Sie hatte keine Zeit mehr, es einzuschalten und zu schauen, was sie genau gefunden hatte, aber ein in der Wand versteckter Computer war so oder so ein Hauptgewinn. Sie setzte das Paneel wieder ein und drückte die Fußleiste fest. Die Schrauben griffen eh nicht mehr richtig, also drückte Karin sie einfach in die Dübel hinein und hoffte, dass Gardner nicht so paranoid war und das Versteck jeden Abend kontrollierte.

Auf Socken huschte sie in das Wohnzimmer zurück, ergriff ihre Plastiktüte und war auf dem Weg zur Appartementtüre, als sie hörte, wie ein Schlüssel ins Schloss geschoben wurde. Gardner war schneller, als sie gedacht hatte!

Klaus Gardner betrat sein Appartement und lächelte erfreut, als ihm die warme Heizungsluft entgegenschlug. Impertinenter Journalist! Aber der Mann hatte nichts gegen ihn in der Hand, das war sicher. Sollte er drohen, er war es nicht wert, sich auch nur darüber zu ärgern.

Er ging durch den Raum hindurch, warf seine Jacke auf die Couch und trat auf direktem Wege ins Bad. Nichts half gegen den Ärger und die Kälte des Winters besser als eine heiße Dusche. Er öffnete gerade seine Manschetten, als er ein Geräusch aus dem Nebenraum hörte. Die Schranktüre?

Er trat zurück in das Wohnzimmer, griff sich auf dem Weg seine Jacke und zog an der Türe des schmalen Schrankes. Sie war richtig verschlossen. Also ruckte er sie auf, hängte seine Jacke auf einen der Bügel, legte seine Stirn noch mal verwundert in Falten und ging dann zurück ins Bad.

Eine heiße Dusche. Ja, das war es.

Kreil hatte den Ausgang noch nicht erreicht, als Karin, je zwei Stufen auf einmal nehmend, die Treppe mit offenen Schuhen herabkam.

»Gehen wir«, raunte sie im Vorbeigehen und trat hinaus in die Nacht.

33

Gabelung

Auf dem Weg zurück berichtete Karin, was sie gefunden hatte. Sie telefonierten zudem kurz mit Gelbach, der ihnen berichtete, was sich am Abend bei ihm ereignet hatte. Ulbrich, Gelbachs junger Kollege, schien hingegen sofort ganz begierig, seine Finger an das Ultrabook legen zu können.

Kreil wies seine Kollegin jedoch an, vor dem morgigen Tag noch etwas Schlaf zu finden. Er würde den Rechner zu Ulbrich bringen, bestand aber darauf, Karin zuvor noch nach Hause zu begleiten. Einen guten Teil der Strecke legten sie dabei schweigend zurück. Es war ohnehin anstrengend genug, sich durch den hohen Schnee einen Weg zu bahnen. Einzig ein schlingerndes Räumfahrzeug schien außer ihnen noch unterwegs zu sein.

»Hast du dich mittlerweile daheim gemeldet?«, brach sie das Schweigen.

»Nein, ich bin nicht dazu gekommen«, wich er aus.

»Du hattest Zeit, einen Vertrauten des Bürgermeisters zu erpressen und einer möglicherweise tiefgreifenden Verschwörung auf die Spur zu kommen«, konterte sie, allerdings ohne Vorwurf in der Stimme, »aber keine Zeit, mal daheim anzurufen?«

»Es ist kompliziert.«

»Ist es immer.«

Sie bogen in die Straße ein, in der Karin wohnte.

»Hast du schon ausgepackt?«, wechselte Kreil das Thema.

»Nur die Klamotten, Tee und Alkohol.«

»Man muss Prioritäten haben.«

»Das ist in etwa, was ich bei dem anderen Thema gerade auch zum Ausdruck bringen wollte.«

Sie kamen vor ihrer Haustüre zum Stehen.

»Du kannst mit reinkommen, Phillip, wenn du möchtest. Irgendwo unter den Umzugskartons gibt es eine Couch«, sagte sie lachend, »und ich schwöre dir, wenn du noch eine Nacht auf dem Schreibtisch schläfst, kann man dich wirklich nicht mehr unter die Leute lassen.«

»Prioritäten, nicht wahr?«

»Also, kommst du? Kriegst auch einen Wein zum Einschlafen.«

»Ich muss die Daten noch zu Ulbrich bringen«, sagte er. »Geh schlafen, wir sehen uns morgen.«

»Nicht im Büro schlafen«, befahl sie und zeigte anklagend mit dem Finger auf ihn. Er nickte und sah ihr nach, bis sie im Inneren des Hauses verschwunden war.

Es war nicht weit bis zu Ulbrich, doch Kreil ging einen weiten Umweg. Als er bei der Wohnung des Polizisten, zwei kleine Zimmer in einem etwas marode wirkenden Altbau, ankam, war dieser jedoch noch hellwach und begrüßte sowohl den Journalisten als auch, richtiggehend wortreich, das Ultrabook, das dieser mitbrachte.

Während Ulbrich sich im Lichte seiner Schreibtischlampe daran machte, das Geheimnis des kleinen Computers zu lüften, schlief Kreil mit einer dampfenden Kaffeetasse in der Hand auf der Couch im Nebenraum ein.

Tag 4

34

Ereignishorizont

Das erste Licht des Tages war ein trügerisches Schauspiel. Karin erwachte, als es hell durch ihre Fenster schien, doch was im ersten Blick wie Sonnenglanz wirkte, entpuppte sich bei näherer Betrachtung als dichter Nebel. Irgendwo dahinter, irgendwo da draußen, kämpfte sich die Sonne vermutlich gerade über den Horizont und dies wiederum verlieh dem dunstigen Wall auf der anderen Seite der Scheibe einen goldgelben Glanz, aber dennoch blieb alles verborgen.

Karin fand jedoch, dass es etwas Hoffnungsvolles hatte. Dieser Nebel würde aufklaren, würde sich lichten und das, was dahinter lag, würde nicht länger verhüllt sein. Sie hoffte, dass dies nicht nur für das Wetter gelten würde. Aber vielleicht hatte sich ja noch etwas ergeben, nachdem Kreil das Ultrabook weitergegeben hatte.

Kreil.

Die junge Frau glitt aus dem Bett, hüllte sich in ein Laken und trat an die großen Scheiben heran.

Kreil.

War er nach Hause gegangen? In dieser Sache wirkte er auf sie wie eine Maus, die vor einer Schlange saß, aber anstatt zu fliehen oder zu kämpfen lieber reglos ausharrte in der Hoffnung, dass dem Räuber einfach langweilig würde.

Aber tat sie ihm damit Unrecht? Oder hatte er Gründe, diese Konfrontation zu vermeiden? Mied er sie überhaupt, oder waren längst Tatsachen geschaffen und er weigerte sich nur noch, der Wahrheit ins Gesicht zu blicken?

Sie wusste es nicht.

Kreil erwachte, als jemand an seinem Fuß rüttelte. Er öffnete die Augen und versuchte, sich zu orientieren. Sein Kopf lag auf einer viel zu harten Armlehne, sein Rücken war schmerzhaft verdreht und jemand hatte in der Nacht offenbar eine viel zu dicke Decke über ihn geworfen. Seine Augen gewöhnten sich allerdings langsam an das Dämmerlicht und fanden das Gesicht dessen, der ihn geweckt hatte. Ulbrich blickte etwas Verlegen drein, lächelte aber.

Dann reichte er Kreil einen dampfenden Kaffee und eine verschweißte Minisalami und zog sich erst mal wieder zurück. Der Journalist richtete sich auf, stellte die Tasse behutsam auf dem Boden ab und legte die Salami neben sich, bevor er sich angestrengt durch das Gesicht rieb. Nun, immerhin hatte er Wort gehalten und nicht im Büro geschlafen.

Er tastete seine Kleidung ab, fand sein Handy und blickte darauf. Kein Anruf. Auch nicht mehr von zuhause. Er legte den Kopf in den Nacken und atmete einmal durch. In den Filmen waren es stets die großen Eklats, in denen Beziehungen zerbrachen. Teller wurden zerschlagen, es wurde geschrien und geweint. Das war in Ordnung. Eskalation war gut, war ein Ventil.

Was aber, wenn man plötzlich realisierte, dass man nicht mehr nach Hause wollte? Weil man sich dort nicht mehr daheim fühlte? Was, wenn man realisierte, dass das eigene Leben sich nicht mehr anfühlte, als wäre es das? Wenn die Wohnung fremd und das Schweigen erdrückend wurde?

War es an der Zeit, einen Schnitt zu machen?

Oder war es höchste Zeit, dass man versuchte zu retten, was zu retten ist?

Heute noch hatte er andere Sorgen.

Aber danach? Danach würde er sich entscheiden müssen.

Gelbach stand zu diesem Zeitpunkt bereits eine Weile am Fenster und sog die kühle Morgenluft ein. Wieder lag diese gespenstige Stille über der Stadt, diese Ruhe, die sich in Abwesenheit des Lärms der Motoren ausgebreitet hatte. Bald würden jene, die mussten, doch den Weg vor die Türe finden, aber noch war kein Laut zu vernehmen.

Plötzlich drang etwas an sein Ohr, was völlig deplatziert wirkte. Kinderlachen. Eine ganze Bande tollte plötzlich den Bordstein entlang, warf hier und da einen Schneeball, lachte und feixte. Völlig unbeschwert tobten sie die Straße herunter, hielten nur einmal inne, um Schneeengel auf der Straße zu machen.

Mit einem Mal spürte Gelbach ein Stechen, dass weder Wehmut nur Neid war, aber etwas ähnliches. Sehnsucht vielleicht. Er folgte mit seinem stechenden Blick den kleinen Gestalten, unförmig in ihren dick gepolsterten Schneeanzügen und unbeholfen mit ihren Fäustlingen, vor allem aber unwissend ob all der Entscheidungen, die andere an diesem wie an allen Tagen umtreiben würden.

Würde er, wenn er morgen aufstand, noch ein Kommissar sein?

Und wenn ja, zu welchem Preis?

Er atmete durch, schloss das Fenster, zog die Vorhänge zu und machte sich auf den Weg. Es war Zeit.

35

Versammlung

Es war nicht leicht, Forster auf seine alten Tage noch zu überraschen. Doch als der Chefredakteur an diesem Morgen sein Büro betrat, konnte Kreil es an den markanten Zügen seines Chefs ablesen, dass heute einer dieser seltenen Momente war.

Sie alle warteten dort in dem kleinen Raum: Gelbach, Ganter und Ulbrich, Leitner, Karin und er. Aber Forster wäre nicht Forster gewesen, hätte er sich nicht bereits wieder gefangen, bis die Türe geschlossen war. So nickte er nun in die große Runde, ob in Zustimmung oder als Gruß blieb offen, und fragte nur kurz: »Also, was haben wir?«

»Eine Menge«, eröffnete Kreil. »Ulbrich?«

Der schmächtige Polizist mit der schweren Brille trat vor und lächelte verlegen.

»Gestern Nacht hat sich eine anonyme Quelle«, setzte er an und wenn er Forsters skeptischen Blick zu Kreil erhascht haben sollte, so ließ er es sich nicht anmerken, »Zutritt zu den Wohnräumen von Klaus Gardner verschafft. Im Zuge dieses Einbruchsdeliktes wurden einige Gegenstände sichergestellt, die dann uns zugespielt worden sind.«

»Gegenstände?« fragte Forster.

»Vor allem ein Ultrabook. Ich hab die Nacht damit verbracht, dem kleinen Computer seine Geheimnisse zu entlocken, aber das war schwieriger als gedacht. Jemand hat die Festplatte des Computers offenbar physisch zerstört, sodass ich nur noch an ganz wenige Fragmente kommen konnte. Was an Daten darauf war, ist soweit verloren. Wohl aber kann ich unzweifelhaft sagen, dass es sich bei dem Gerät um den Computer handelt, der in der Waldhütte nicht bei den Habseligkeiten der verstorbenen Frau Ahnig gefunden wurde.«

»Das bringt Gardner also in direkte Verbindung mit der Tat?«, schlussfolgerte Forster, doch Kreil schüttelte den Kopf.

»Mit der Frau, ja. Mit der Tat nicht zwingend. Es ist unwahrscheinlich, aber es wäre natürlich denkbar, dass Sonja Ahnig den Computer an Gardner gegeben hat, bevor es zu der Tat gekommen ist.«

»Warum sollte sie?«

»Sie haben zuvor zusammengearbeitet. Was danach genau gelaufen ist, kann uns jetzt nur noch Gardner sagen und die Wahrheit dort ist kaum mehr zu prüfen.«

»Das Ladegerät in der Hütte?«

»Kann sie dabei vergessen haben.«

»Das ist wenig«, urteilte Forster.

»Die anonyme Quelle«, fuhr Ulbrich fort, »zeigte sich allerdings geistesgegenwärtig genug, wo sie einmal in der Wohnung war, auch die privaten Daten von Gardners Privatrechner zu ziehen.«

»Leider mit wenig wirklichem Gewinn«, bedauerte Karin.

»Au contraire«, widersprach Leitner und Ulbrich führte es aus:

»Auf den ersten Blick waren es vor allem belanglose Daten, private Unterlagen und so. Aber in einem versteckten Ordner hat Gardner offenbar eine zweite Buchhaltung geführt, was den Umgang mit ihm zur Verfügung stehenden Geldern von AnthroLogics betrifft.«

»Ich will jetzt niemanden mit Details langweilen, die außer mir eh niemand versteht«, grinste Leitner, trat vor und ließ ihre Fingerknöchel knacken, als wäre sie ein Gewichtheber kurz vor dem großen Moment. Karin konnte sich nur immer wieder über die Frau wundern.

»Aber kurz gesagt: Es scheint so, als hätte der gute Gardner immer mal wieder Geld umgeleitet, was eigentlich in Lehrförderprojekte hätte gehen sollen, um damit eine Art Fond einzurichten, aus dem heraus er dubiose Transaktionen vornahm.«

»Wie dubios?«, wollte Ganter wissen. Er lehnte an einer der Glaswände und wirkte ein wenig wie ein Türsteher, der auf Ärger aus ist.

»An den Feinheiten muss ich auch noch schrauben, aber so wie ich das derzeit sehe, kann man sich da ein ziemlich schönes Deckfirmen-Quartett zusammenstellen.«

»Gardners Privatvergnügen, oder haben die das bei AnthroLogics gewusst?«, fragte Karin.

Ulbrich fuhr fort: »Keine Ahnung. Aber spannend wird es auch eigentlich für uns erst vor drei Wochen – da kommt es plötzlich zu zwei exakt gleichgroßen Transaktionen an die gleiche Firma. Der Betrag ist durchaus stattlich und liegt bei 15.000 Euro. Der Empfänger ist beide Male eine in Berlin ansässige Firma namens Godunow.«

Er blickte erwartungsvoll in die Runde, realisierte dann aber offensichtlich, dass niemand im Raum die Pointe des Gesagten verstand. Und schaffte es, ihnen allen durch seinen strafenden Blick das Gefühl zu geben, unerträglich ungebildet zu sein.

»Klingt russisch?«, versuchte es Ganter.

»Exakt! Boris Godunow war der erste Zar Russlands nach dem Ende der Dynastie der Rurikiden.« Leitner übernahm wieder das Wort. Sie und Ulbrich gaben ein bemerkenswertes Gespann ab. »Usurpator, erfolgreich in den Kriegen, bedeutsam für die Stärkung des damaligen Reiches.«

»Altes russisches Blut also?«

»Allerdings. Die Firma Godunow ist im Besitz von Alexander Septimov, einem Oligarchen mit guten Verbindungen zur Regierung in Moskau.«

»Du vermutest, dass das die Schleuse war, über die Sokolow engagiert wurde?«

»15.000 Euro ist jedenfalls ein gängiger Marktpreis für Mord, wenn du einen Profi willst«, erklärte Gelbach bitter.

»Was ist ein Leben wert, hm?«, murmelte Karin, mehr zu sich selbst.

»Wenn das stimmt«, fasste Forster zusammen, »dann heißt das, Gardner hat Sokolow angeheuert, um Ahnig und ihren Freund zu töten? Warum?«

»Rache?«, schlug Gelbach vor. »Das niederste aller Motive, aber dennoch unsterblich.«

»Die Ahnig hat eine Affäre«, resümierte Ganter nun. »Sie legt sich für ihren Chef auf den Rücken, macht das aber nicht heimlich genug. Ihr Freund kriegt das mit, liest es vielleicht im Internet. Also macht sie mit Gardner Schluss, der sich in seiner bürokratischen Männlichkeit verletzt fühlt und daraufhin Firmenressourcen ausgibt, damit er es den beiden noch mal richtig zeigen kann?«

»Das wäre ein Szenario, ja«, bestätigte Ulbrich und rückte seine Brille zurecht.

»Damit kann ich arbeiten. Keine Verschwörung«, grinste Ganter, »nur ein betrogener und gekränkter Mann, der beweisen muss, wer den größeren Kugelschreiber hat.«

»Na ja«, warf Leitner ein. »Krumme Dinger sind da genug gelaufen. Wie gesagt, diese halbgare Geldwäsche hat früher angefangen. Nur war sie dann nicht das, was die Ahnig ihr Leben gekostet hat.«

»Die Hütte im Wald wiederum – vielleicht hat sie etwas geahnt und wollte Abstand?«, mutmaßte Karin, wirkte aber selber nicht ganz überzeugt.

»Warum der Laptop?«, hakte Forster nach. Der Kommissar überlegte kurz.

»Vielleicht, um irgendwelche Querverbindung zu beseitigen?«

»Das erscheint mir unsinnig«, murmelte Kreil, »dann hätte er ihn auch einfach vor Ort zerstören lassen können. Ich bin mir sicher, Sokolow hätte das erledigt. Warum hat er ihn mitgenommen?«

»Und dann die Daten gelöscht?«, fügte Karin hinzu.

»Das ist eh spannend«, erklärte Ulbrich. »Das Ultrabook verwendet eine SSD-Festplatte. Deren Daten sind nicht sicher und restlos zu entfernen, jedenfalls nicht ohne beträchtlichen, technischen Aufwand.«

»Wie hat Gardner es dann geschafft?«

»Physisch, wie gesagt. Einfach ausgedrückt: Mit roher Gewalt.«

»Das heißt, er lässt erst den Rechner klauen«, wunderte sich Karin, »betreibt dann große Mühen, das Gerät unbrauchbar zu machen und wirft es dann aber nicht weg, sondern versteckt es bei sich in der Wohnung? Was ergibt das denn für einen Sinn?«

»Er muss mindestens einen Grund gehabt haben, den Rechner selber noch mal in die Finger zu bekommen«, sagte Kreil.

»Wisst ihr«, Gelbach stemmte sich von dem Bürostuhl in die Höhe, »das fragen wir ihn jetzt einfach selbst.«

»Alles was wir hier haben«, gab Forster zu bedenken, »wird vor Gericht nichts wert sein, aufgrund der anonymen Quelle, aus der es stammt.« Karin entging der vorwurfsvolle Unterton nicht, der dabei mitschwang. Sollte Kreil ihn auch bemerkt haben, so ließ er sich hinter seinem spitzbübischen Lächeln nichts anmerken.

»Das heißt aber doch nur, dass er es uns ehrlich selber sagen muss. Komm Simon«, murrte Gelbach.

Er und Ganter verließen das Büro und machten sich durch die kalte Redaktion hindurch auf den Weg, die Verhaftung durchzuführen.

Kreil seufzte.

»Uns fehlt noch ein Teil. Irgendetwas fehlt noch.«

36

Festnahme

Als die Türe zum Foyer aufflog und Gelbach, Ganter und zwei weitere Beamte von Schnee umtost in den geschmackvoll eingerichteten Raum traten, bemerkte der Kommissar mit einer gewissen Zufriedenheit den erstaunten Gesichtsausdruck des Portiers.

Einer der beiden Beamten trat zu dem Mann hinter dem Empfangsschalter und sprach kurz mit ihm. Er würde sich den Ersatzschlüssel für Gardners Zimmer geben lassen, aber mit etwas Glück war das auch gar nicht notwendig. Die anderen drei waren bereits dabei, die Treppe hinaufzusteigen. Sie war steil und der Aufzug verlockend. Doch andererseits konnte er dem Gedanken wenig abgewinnen, seinen Job doch noch zu verlieren, weil er den Täter entkommen ließ, während er mit den Kollegen in einem schlecht gewarteten Aufzug feststeckte. Im Augenwinkel sah er noch, wie der Beamte am Schalter die Hand auf den Hörer des Haustelefons legte und einige belehrende Worte an den Pförtner richtete.

Als sie den Flur erreichten, von dem Karin ihm so gut sie mutmaßen konnte berichtet hatte, überprüfte er noch einmal den Sitz seiner Dienstwaffe. Ganter tat es ihm gleich, der andere Beamte löste hingegen den Druckknopf, der seinen Halfter mit einem kleinen Lederstück verschloss. Sie waren bereit.

Sie warteten noch einen kleinen Augenblick, lange genug damit der zweite Beamter mit dem Schlüssel aufholen konnte, dann ließ Gelbach seine Fingerknöchel wiederholt auf das Holz der Türe niederfahren.

»Klaus Gardner! Aufmachen! Polizei!«

Gelbach hatte mit vielem gerechnet. Fluchen. Gepolter.

Mit Geräuschen, die von einer Flucht kündeten. Vielleicht schwachen Ausreden, um sich Zeit zu erkaufen. Eventuell auch einer Flucht nach vorne mit einem starken Auftritt, der ihn sofort in seine Schranken weisen sollte. Doch nichts davon geschah.

Stattdessen hörte er das Schloss der Türe aufschnappen und ein sichtlich gebeutelter Mann mit zerrauften Haaren und tränengeröteten Augen öffnete ihm. Ganter war sein Erstaunen anzusehen und der Kommissar war sich sicher, er würde gerade keinen viel souveräneren Eindruck machen.

»Herr Gardner?«

»Kommen Sie herein, meine Herren«, sagte der Mann mit einem Seufzen in der Stimme, »ich habe Sie bereits erwartet.«

Und während er wieder in den Raum trat und die vier Polizisten hinter ihm durch die Tür strömten, ergänzte er: »Ich möchte ein Geständnis ablegen.«

Es dauerte sicherlich eine Viertelstunde, bis Gardner fertig war. Immer wieder musste er seine an sich überschaubaren Erklärungen unterbrechen, weil ihm Tränen die Stimme raubten. Ganter begutachtete sein Gegenüber dabei durchgehend mit eiserner Miene, während Gelbach sorgsam jedes Detail aufsog. Als Gardner geendet hatte, nickte der Kommissar.

»Lassen Sie mich sehen, ob ich das richtig verstanden habe. Sie hatten eine Affäre mit ihrer Angestellten, der verstorbenen Sonja Ahnig. Es hat sich dabei um ein rein sexuelles Verhältnis gehandelt und kam in beiderseitigem Einverständnis zustande.«

Gardner nickte.

»Dann aber hat Ahnig den ebenfalls verstorbenen Herrmann kennengelernt. Daraufhin hat sie ihre Beziehung zu Ihnen beendet. Als Sie allerdings nicht locker lassen wollten, hat Frau Ahnig ihre Anstellung aufgekündigt, um sich Ihrem Einfluss zu entziehen.«

Wieder nickte Gardner.

»Sie allerdings wollten das nicht auf sich sitzen lassen. Sie haben daraufhin einen Ihnen anvertrauten Etat der Firma AnthroLogics, dem Unternehmen bei dem sowohl Sie als auch Frau Ahnig angestellt waren, in Teilen umgeleitet und haben Kontakt zu dem Auftragsmörder mit dem Rufnamen Sokolow gesucht.«

Ein drittes Nicken.

»Sie haben Sokolow daraufhin beauftragt, die beiden umzubringen, sowohl Frau Ahnig als auch ihren Freund. Und sie sind bereit, all das eidesstattlich vor Gericht auszusagen?«

Das vierte Nicken Gardners ging in neuerlichem Schluchzen unter.

»Alles klar, abführen.«

Gemeinsam beobachteten Gelbach und Ganter, wie der Geständige von den beiden Beamten aus dem Raum geführt wurde. Erst als die Schritte auf dem Flur verklungen waren, schaute Ganter seinen Chef von der Seite her an.

»Und«, fragte er, »was hältst du davon?«

»Es wird reichen, ihn hinter Gitter zu bringen.«

»Seine Tränen scheinen echt.«

»Ich würde auch weinen«, erklärte Gelbach, »wenn man mich gerade als Bauernopfer aufgestellt hätte, damit ich die Schuld auf mich nehme und zugleich noch gegen einen russischen Auftragsmörder aussage. Ich würde auch weinen.«

37

Distanz

Gemeinsam saßen sie in Forsters Büro und lasen, jeder für sich, die Pressemeldung, die von der Universität eiligst herausgegeben worden war. Karin presste die Lippen zusammen, Kreil fuhr sich dabei unbewusst durch die Haare und Forster selbst legte die Stirn in Falten. Das war, was zu erwarten gewesen war. Aber es war nicht, was sie sich erhofft hatten.

»Man höre sich das an: ›Es erfüllt uns mit Bedauern und Unverständnis, dass ein langjähriger Mitarbeiter unserer Einrichtung zu einer derart grausamen Tat fähig gewesen ist‹«, zitierte Kreil.

»Damit überspringst du aber den saftigsten Teil«, knurrte Karin. »›Klaus Gardner hat sich einer großen Geldsumme bemächtigt, die ursprünglich den Studierenden in Form eines weiteren Ausbaus des neues Campusgeländes zugute kommen sollte, um daraus das Budget zu generieren, dass er zur Finanzierung seiner eigenen Interessen und schlussendlich seiner persönlichen Vendetta benötigte.‹«

»Bisschen dick aufgetragen, findet ihr nicht?«, fragte Kreil.

»Wir sind die verdammte Presse, und wir schreiben nicht so«, sagte Forster.

»Es ist in ihrem Sinne«, erklärte Karin. Fragend schauten die anderen beiden sie an. »Es ist ein Skandal, einer der die Universität in ihren Grundfesten erschüttern wird. Aber es ist damit auch nur ein sehr ausgeprägtes Bauernopfer. Nicht nur Gardner, als Person, sondern der ganze Sachverhalt.«

»Sie entlarven ein Verbrechen und hoffen, dass in der Welle, die daraus entsteht, ihre eigene Beteiligung schnell untergeht«, stimmte Kreil zu.

Für einen Moment schwiegen die drei. Erneut blickte Forster auf die Meldung in seiner Hand, schien jedes Wort mit seinem Blick auf den Prüfstand zu stellen.

»Okay«, sagte er schließlich. »Wir drucken es so. Schreibt es mit eigenen Worten, aber haltet die Involvierung der Uni und von AnthroLogics klein. Nichts, was wir nicht belegen können.«

»Aber es ist nicht einmal eine Halbwahrheit, was da steht!«, protestierte Karin.

»Nichts, was wir nicht belegen können, sagte ich. Und solange nicht irgendjemand spontan beschließt, zu gestehen, haben wir für den Rest zu wenig in der Hand.«

Einen langen Augenblick saßen sie da, umgeben von der eigenartigen Form von Stille, wie nur große Büros sie aufweisen, in der das Schweigen der Menschen im Raunen der unzähligen Lüfter, dem Anschlag von Tasten und dem Klicken einer Maus untergeht. Vor dem Fenster hatte der Schneefall wieder zugenommen.

»Das heißt, Gardner ist ein Bauernopfer und damit war es das?« Kreil war frustriert. »Dem Kerl haben sie vermutlich sogar gesagt, wie er das Geld verschleiern soll und am Ende wusste nicht mal er selbst, dass er sich sein eigenes Grab schaufelt.«

Forster nickte nur, aber Karin war erneut hellhörig geworden.

»Selbst wenn ihm jemand Instruktionen gegeben hat – wie mietet man eigentlich einen Attentäter?«

38

»Ah, Gelbach, sehr schön!«

Der Wandel, den Inspektionsleiter Lörner durchgemacht zu haben schien, war erstaunlich. Mit strahlendem Lächeln begrüßte er den Kommissar und wies auf den freien Stuhl vor seinem Schreibtisch. Der Ausdruck in seinem Gesicht war zweifellos freundlich gedacht, doch Gelbach fand, es verlieh ihm eher etwas Wölfisches.

Es standen zwei Stühle dort, doch der andere war bereits besetzt. Oberbürgermeister Kolmen nickte Gelbach ebenfalls zu und schüttelte ihm kräftig die Hand, bevor der Polizist Platz nahm.

»Herr Lörner«, erklärte der Bürgermeister, »war gerade dabei, Ihren Eifer und Einsatz bei der Ermittlung lobend hervorzuheben. Ohne den, so sagte er, wären die schändlichen Taten Klaus Gardners vermutlich ungeklärt geblieben.«

»Ich bin sicher, der Inspektionsleiter übertreibt«, entgegnete Gelbach an den Bürgermeister gewandt, bemüht darum, sich diplomatisch zu zeigen. »Es gibt viele fähige Beamte hier und es war Herr Lörner, der uns angewiesen hat, die Ermittlungen in jedem Fall zu beenden.«

Und als er den säuerlichen Gesichtsausdruck sah, der sich hinter Lörners falschem Lächeln verbarg, ergänzte er noch: »Er wies uns sogar an, dies zeitnah zu tun.«

»Ich bin jedenfalls froh, dass der wahre Täter gefasst wurde und weiteres Unheil von unserer Stadt und unserer Universität abgewendet werden konnte«, fuhr Kolmen fort.

»Und von den Bürgern, nicht wahr?«

»Natürlich.«

Gelbach hatte sich zu Kolmen gedreht, doch nun wanderten seine Augen zurück zu Lörner, während er erwartungsvoll die Stirn in Falten legte.

»Das Geständnis Gardners liegt der Staatsanwaltschaft bereits vor«, griff der Inspektionsleiter das Signal auf. »Man zeigte sich dort zuversichtlich, bereits in wenigen Tagen vor Gericht zu stehen. Die umfassende Aussage macht vieles leichter und sollte es uns ermöglichen, viele bürokratische Hürden schnell zu nehmen.«

»Und ich nehme an, sie wird zu mildernden Umständen führen?«

»Das liegt nicht in meinem Ermessen, aber Gardner zeigt Reue, das steht außer Frage.«

»Ich jedenfalls kann ruhig schlafen in einer Stadt, von der ich weiß, dass derart hervorragende Männer wie Sie, Herr Gelbach, dort für die Sicherheit sorgen.« Kolmen erhob sich und gab Lörner die Hand. Auch Gelbach stand auf und reichte seine Rechte erneut dem Bürgermeister.

»Es ist mir ein persönliches Anliegen«, sagte er so höflich er konnte, »keinem Verbrecher die Chance zu geben, Unerkannt zu bleiben. Und wenn eine Missetat geschieht, dann will ich sie alle kriegen. Die Täter … und auch die Hintermänner, Herr Kolmen.«

Er hielt die Hand des Bürgermeisters genau diese feine Nuance zu lange im Griff, die nötig war, das souveräne Lächeln des Stadtobersten kurz außer Form zu bringen. Dann aber ließ er los und Kolmen trat eilig aus dem Büro.

Gelbach und Lörner tauschten noch einen langen Blick aus, dann verließ der Kommissar das Zimmer seines Vorgesetzten, ohne noch ein weiteres Wort zu sagen.

39

Dunkelkammer

Leitners Büro im Keller des Hauses unterschied sich sichtlich von den Arbeitsplätzen der Kollegen, die Karin bisher gesehen hatte. Es war groß, aber auch die ausufernde Dekoration der Wände mit Postern und Pinnwänden konnte nicht verbergen, dass es eher ein umfunktionierter Lagerraum war. Die an den Rand gedrängten Regale waren klassische Metallträger, wie man sie in Vorratskellern und Archiven findet, statt richtiger Fenster gab es nur Oberlichter und da die Schächte offenbar mit Schnee bedeckt waren, fiel auch durch diese nur ein gelblich-trübes Dämmerlicht in den Raum.

Leitner blickte etwas überrascht auf, als jemand eintrat – es war offensichtlich, dass dies nicht oft vorkam –, aber sie entspannte sich, als sie Karin, Kreil und Forster erkannte.

»Was kann eure Schildmaid für Euch tun?«, schmunzelte sie in gestelztem Ton, während Forster offenbar auch noch neugierig den Anblick des Raums auf sich wirken ließ. Auch er schien nicht oft hier zu sein.

»Sag mal«, grinste Kreil sie an und lehnte sich an einen Aktenschrank, »wie genau mietet man eigentlich einen Attentäter?«

»Es gibt ja Gerüchte, dass bei dir der Haussegen schief hängt, aber dass es schon so drastisch ist …«, unkte Leitner.

»Die gibt es?«, wunderte sich Kreil.

»Im Ernst, was muss man dafür tun?«, beharrte Forster.

Leitner stockte kurz, setzte sich aufrecht hin, sog offenbar von innen an ihren Wangen und dachte selbst einen Moment nach, bevor sie mit einer Gegenfrage antwortete: »Lokal oder überregional?«

»Überregional«, beschloss Karin.

»Über einen Darknet-Markt, denke ich.«

Kreil griff Leitners gekünzelt höfischen Tonfall vom Beginn auf: »Elaboriere, Schildmaid.«

»Also«, die Wirtschaftsredakteurin holt tief Luft, »ihr kennt das Internet. Als *Darknet* bezeichnet man vereinfacht gesagt Netzwerke, die abseits der öffentlichen Bereiche des Internets direkt zwischen Nutzern hergestellt werden, anonymisiert und verschlüsselt. Das ist keine Hexerei, aber das sind Bereiche, die man nicht versehentlich finden kann. Gezahlt wird mit Krypto-Währungen wie Bitcoin, also privat geschöpften Zahlungsformen, die abseits staatlicher Kontrollen liegen. Die Silk Road, von der ihr vielleicht gehört habt, war der Platzhirsch, bis FBI und Europol dazwischen gehen konnten. Könnt ihr folgen?«

Kreil nickte. »Was kriegt man dort?«

»Je nach Markt? Alles. Drogen sind klassisch, da gibt es ganze Onlineshops, bequem wie die offiziellen Dienste, wo du alles von Hasch bis Koks bekommst. Aber auch alles andere – Ausweise, Kreditkarten, Sex, Waffen.«

»Und Mörder?«, hakte Forster nach.

»Ja, wenn man richtig fragt. Ist ein großer Schwarzmarkt, nur eben virtuell.«

»Aber würde sich einer wie Sokolow«, dachte Karin laut nach, »der ja nun durchaus eine gewisse Reputation hat, auf eine Art private Vendetta einlassen und sich dort dafür vermieten?«

»Das ist nicht mein Job zu entscheiden«, wiegelte Leitner ab. »Aber hey, nehme an, der muss auch Rechnungen bezahlen. Trotzdem, die Frage ist berechtigt. Einerseits hätte man dort vermutlich auch ein günstigeres Angebot bekommen, oder aber zumindest günstig ein Mittel, die Sache zu bereinigen. Und andererseits passen persönlich motivierte Aufträge nicht zwingend zum Modus Operandi unseres Russen. Mindestens würde ich vermuten, dass dort jemand vermittelt hat. Aber wenn die vorsichtig genug waren und da keiner plaudert, dann kriegt ihr nicht die Finger dran.«

Plötzlich fuhr Kreil hoch. »Ich Idiot!«, entfuhr es ihm und er stürmte der Tür entgegen. »Ich vollkommener Idiot!«

»Wohin willst du?«, fragte Karin.

»Druckt nichts, bevor ich nicht wieder da bin!«

»Phillip!«

Doch Kreil war schon durch die Türe in den Kellergängen verschwunden. Karin spürte Forsters Blick in ihrem Nacken und als sie sich zu ihm wandte, sah sie ihn grinsen.

»Phillip?« fragte er, sichtlich amüsiert.

40

Das Donnern der Züge, die sich trotz des Schneefalls ihren Weg über die alte Bahnhofsbrücke kämpften, übertönte alles. Die Durchsagen, das Gemurmel der Leute, teils auf dem Weg an irgendein Ziel, teils aber auch gestrandet inmitten zahlloser Verspätungen, alles verklang ungehört zwischen den lärmenden Bahnen.

Auch das Klirren der zwei Flaschen, die Kreil in seiner linken Hand trug, während er die lange, glatte Treppe zum Bahnsteig 3 emporstieg, verging. Vogel hörte ihn daher nicht kommen, schrak hoch, als sich der Journalist neben ihm auf die Bank fallen ließ und ihm kommentarlos eine der beiden Flaschen reichte. Sie öffneten sie an der Sitzfläche der Bank und tranken beide einen tiefen Schluck. Es war eigentlich kein Zeitpunkt für ein Bier. Der Schneefall hatte noch immer kein Ende genommen und es war sicherlich einige Grade unter Null, aber die Geste war das, worauf es ankam.

Das verstanden sie beide sehr gut. Eine Weile saßen sie dort und beobachteten die anderen Menschen. Junge Leute mit Rollkoffern, die bei Durchsagen zuerst auf ihre übergroßen Bahntickets schauten und dann entnervt wieder eine der Treppen vom Bahnsteig herab nahmen. Ein älterer Herr, der die Dame in seiner Begleitung wie ein Gentleman der alten Schule in seinen eigenen Mantel hüllte. Drei Halbstarke, die mit ihrem Handy Musik hörten und glaubten, im Schatten des Cola-Automaten ungesehen etwas rauchen zu können, was weithin nicht nach Tabak roch.

»Gardner war kein Einzeltäter, weißt du?«, fragte Vogel schließlich.

»Weiß ich«, antwortete Kreil.

»Aber du weißt nicht, worum es wirklich geht, oder?«

»Sag's mir.«

»Wenn du eine Firma gründest, um Studenten das Leben zu vereinfachen, wen stellst du dann ein?«

»Worauf willst du hinaus?«, fragte Kreil.

»Sag schon.«

»Keine Ahnung, Pädagogen? Empathische Leute, und solche, denen Bürokratie nichts ausmacht? Noch einmal: Worauf willst du hinaus?«

»Jedenfalls keine Physiker, oder? Oder Luft- und Raumfahrttechniker. Oder Biologen, Chemiker. Aber das sind genau die Leute, die schwerpunktmäßig bei AnthroLogics arbeiten. Ich hatte es dir sogar gesagt, aber es ist dir nicht aufgefallen, oder?«

»Aber wozu diese Auswahl?«, hakte Kreil nach und nahm einen weiteren, tiefen Schluck.

»Solche Leute helfen dir nicht dabei, jungen Studenten den Weg zu weisen. Oder die Lehre zu verbessern. Aber solche Leute können Raketen bauen.« Kreil hob eine Augenbraue, als sein Freund fortfuhr. »Und das erklärt auch schnell die Investoren aus Russland, von denen du sicher schon weißt.«

»Septimov?«

»Genau.«

»Aber Raketen? Das erscheint mir altbacken.« Kreil war nicht überzeugt. »Warum keine Informatiker, Programmierer? Die digitale Front, sozusagen?«

»Oh, wir reden hier nicht über die alten Marschflugkörper.«

»Sondern?«

»Im April 2010 prüften die USA ein so genanntes HTV-2-Testgerät. Ein Hyperschall-Technologie-Vehikel. Der Test ging ziemlich schief. Die Amerikaner brauchten Monate, um überhaupt den Aufschlagpunkt der Rakete zu bestimmen und erst im November kam die DARPA dahinter, was eigentlich nicht geklappt hat.«

Kreil schaute Vogel neugierig an, sagte aber nichts. Also fuhr der fort.

»Ein zweiter Versuch, August 2011, ging ebenfalls fehl, als nach neun von dreißig Minuten der Kontakt zu dem Geschoss abriss. Aber die anderen Supermächte sind geweckt. Weder Russland noch China sind begeistert von der Idee, dass die Staaten eine ballistische Rakete haben könnten, die innerhalb einer Stunde überall auf der Erde aufschlagen kann. Keine Flugzeugträger mehr, keine vorgelagerten Basen, alles schön von heimischem Boden aus.«

»Also wollen sie solches Spielzeug selber haben.«

»Ganz genau. Aber das wiederum erfordert ausgesprochen ausgefuchste Technologien. Mach 5, Mach 6, das sind Geschwindigkeiten, die vorstellbar sind. Aber wir reden hier von Mach 20.«

»GLONASS …«, murmelte Kreil.

»Oh, du weißt davon?«, fragte Vogel und fuhr fort, als der Journalist nickte. »Das GPS der Amerikaner ist schön und gut, aber für so etwas nicht geeignet. Nicht nur, weil es halt fest in ihrer Hand ist – die GPS-Geräte, die du außerhalb militärischer Zirkel bekommst sind weitaus weniger genau und, was noch schwerer wiegt, schalten ab einer bestimmten Höhe oder bei einer bestimmten Geschwindigkeit komplett ab, weil wahrscheinlich ist, dass sie an einer Rakete hängen. Aber im Hyperschall-Bereich muss die Kommunikation problemlos laufen. Da brauchst du den absoluten Spitzenstand der Forschung.«

»AnthroLogics?«

»Ebenfalls richtig. Meine persönliche Vermutung ist, dass Septimov hofft, durch die Umsetzung des Projektes viel politischen Boden in der Heimat gut zu machen. Was ich weiß, ist, dass er Feuer auf einem Kongress kennengelernt hat und die beiden schnell auf einer Wellenlänge lagen.«

»Christian Feuer?«

»Seine Frau, Regine. Aber ich denke, das ist nur eine Formalie.«

»Und Ahnig?«

»Ahnig war eifrig Teil des Projektes und in vielen Verwaltungsbereichen so etwas wie Gardners rechte Hand. Dann ist die Krim-Krise passiert. Die politischen Verhältnisse, die vorher fast ruhten, gerieten in Bewegung. Plötzlich war und ist es wieder denkbar, dass es zwischen den NATO-Staaten und Russland zu Gefechten kommt. Die Idee, dass in dieser Situation Hyperschall-Raketen in Deutschland entwickelt werden, war für sie wohl nicht mehr in Ordnung. Also zog sie sich immer weiter zurück. Ich vermute, aber das ist nun Spekulation, dass sie auch nicht mit leeren Händen gegangen ist. Und bei AL machte sich die Sorge um einen Whistleblower-Skandal breit. Aber den Teil, wie gesagt, rate ich.«

Erneut rumorte ein Zug an ihnen vorbei. Unfähig, gegen den Lärm anzukommen, tranken beide und warteten, bis der letzte Wagon mit einem letzten Achsenschlag an ihnen vorbei war.

»Warum hast du mir vorher nichts gesagt?«, fragte Kreil und konnte seine Enttäuschung nicht verbergen.

»Weil mir auch nicht direkt klar war, was für ein Wespennest es eigentlich ist«, erklärte Vogel. »Und später dann auch aus Angst um meine Haut.«

»Du glaubst, AnthroLogics würden dir etwas antun, weil wir beide miteinander geredet haben?«

Doch Vogel schüttelte den Kopf, leerte seine Flasche und stellte sie vor Kreil in den Schnee.

»Nein, das nicht. Aber mein Name steht auf ziemlich vielen internen Dokumenten rund um das Projekt. Ich habe viele von den ursprünglichen Abkommen aufgesetzt und später dann auch das Personal von AnthroLogics verwaltet.«

»Also hast du mich doch belogen.«

Vogel antwortete nicht, sondern griff neben sich, hob einen schon halb verschneiten Koffer empor und reichte ihn an Kreil, bevor er selbst aufstand.

»Überleg dir gut, was du damit tust, alter Freund«, sagte er. »Mit dem, was du da hast, kannst du das Fass zum Überlaufen bringen. Aber wenn du das tust, stellst du auch mich an den Pranger.«

»Das ist unfair, Josef.«

»Ich weiß, Phillip. Ich weiß.«

Vogel verließ den Bahnsteig. Kreil aber saß noch lange dort, die beiden Hände auf den Koffer gelegt, und schaute auf die Bierflasche zu seinen Füßen.

Dann traf er eine Entscheidung.

41

Wahnsinn

»Entschuldigen Sie, aber Sie können jetzt gerade wirklich nicht ...«

Forster genoss jeden Meter seines Weges. Viel zu lange schon war er nicht mehr an aufgeregten Sekretärinnen vorbeigerauscht, oder hatte sich noch schnell durch Türen gemogelt, die jemand anderes zufallen ließ. Und viel zu lange war er schon nicht mehr in ein Meeting geplatzt.

Forster genoss jeden Meter seines Weges, aber keinen so sehr wie den entscheidenden, letzten Schritt, als er die schwere Bürotüre des Universitätsleiters aufstieß und dort nicht in ein, sondern gleich in drei völlig kalkweiße Gesichter starrte. Stefan Kolmen, Oberbürgermeister. Christian Feuer, der Rektor, sowie seine Ehefrau Regine, starrten ihn alle vollkommen entgeistert an.

Forster schloss die Türe hinter sich, ließ die Sekretärin damit draußen stehen und sog die Atmosphäre dieses Augenblicks ein.

»Ah«, sagte er.

Für einen Moment herrschte Stille, dann war es Kolmen, der eifrig das Wort ergriff:

»Herr Forster, ich weiß nicht, was in Sie gefahren ist, aber Sie scheinen den Verstand verloren zu haben.«

»Dann haben sie die kleine Vorabfassung des Artikels also erhalten?«

»Artikel?!« ereiferte sich Christian Feuer nun geifernd. »Artikel nennen Sie das? Ein schmieriges Pamphlet der Lügen ist es!«

Auch seine Frau zischte etwas, aber Forster konnte es unter dem Aufschrei des Rektors nicht verstehen. Kolmen schien unglücklich, die Initiative in diesem Gespräch gleich in mehrere Richtungen eingebüßt zu haben und trat nun einen Schritt vor.

»Ich glaubte«, sagte er und lächelte sein scheinheiliges Lächeln, »dass ich mich bei unserem Telefonat sehr deutlich ausgedrückt hatte.«

»Oh, haben Sie. Ich meine mich erinnern zu können, die Drohungen Ihrerseits auch in dem Artikel erwähnt zu haben. Relativ wörtlich sogar, nicht?«

Nun war es an den Feuers, Kolmen anzustarren. Der Rektor fing sich zuerst.

»Herr Forster, aber bedenken Sie die Konsequenzen? Wenn Sie diesen Artikel drucken, ist die Universität ruiniert. Das Campus-Bauvorhaben und damit die Reputation der Stadt wären ruiniert. Von zahlreichen verlorenen Arbeitsplätzen zu schweigen. Sie wissen doch, was in dieser Stadt alles mit der Universität vernetzt ist.«

»Sie hätten darüber nachdenken sollen«, sagte Forster kalt, während er nun bis vor den Schreibtisch trat, »bevor sie angefangen haben, gedungene Mörder anzuheuern und Gelder für militärische Projekte umzuleiten, nicht wahr?«

Wieder herrschte Stille.

»Sie trauen sich nicht, das zu drucken!«, keifte Regine Feuer. Forster lächelte.

»Wir werden gerichtlich dazwischengehen!«, rief Kolmen. »Eine einstweilige Verfügung, um die Auslieferung der Zeitung morgen früh zu blockieren. Das ist üble Nachrede, bis jemand das Gegenteil beweist! Sie werden diesen Text nicht bringen!«

Regine Feuer nickte eifrig und ihr Mann warf dem Bürgermeister einen Blick zu, der vor regelrechtem Stolz für seinen offenbar so ressourcenvollen Komplizen nur so überquoll.

»Wollen wir wetten?«, entgegnete Forster.

Plötzlich kam Bewegung in den Oberbürgermeister. Er riss sein Handy aus dem Sakko, huschte mit den Fingern über die Oberfläche und stand dann da, das Gerät am Ohr mit einem Ausdruck wie ein Läufer, der sich in Startblöcke kauert und wartet, bis der Schuss ertönt. Gleichermaßen eifrig meldete er sich, als am anderen Ende jemand abnahm. Sein Anwalt, mochte Forster wetten.

»Der Artikel ist schon veröffentlicht«, sagte Forster leise. Als sie ihn alle anstarrten, ergänzte er: »Im Internet. Vor etwa zehn Minuten.«

Einen Moment standen sie alle da. Kolmen, nicht auf die Stimme am anderen Ende reagierend, aber mit dem Handy am Ohr. Rektor Feuer mit verkrampften Händen auf seinem Schreibtisch, seine Frau hinter seiner linken Schulter. Und dann brach Chaos aus, als sie sich alle, halb noch zu Forster schauend, um den Monitor auf dem Schreibtisch scharten.

Dafür war er hergekommen. Egal was langfristig daraus werden würde. Ihm war klar, dass es auch für ihn noch Konsequenzen haben würde, doch das kümmerte ihn nicht. Nicht in diesem Moment. Dies hier, das hatte er gebraucht.

Forster machte kehrt und verließ den Raum, vorbei an der irritiert schauenden Sekretärin, hinaus aus dem Bürobereich, die langen Flure mit der frischen Holzvertäfelung entlang, am neugierig schauenden, irritierend adretten Mann im Foyer vorbei, durch die Vordertüre und hinaus in den tosenden Schnee.

42

Feierabend

An diesem Abend saßen nur noch zwei Menschen in dem weiten Büro der Zeitung. Die Rechner waren alle ausgeschaltet, doch weder Kreil noch Karin hatten ein Interesse daran, sie hochzufahren und zu schauen, wie oft der Artikel bereits gelesen worden war.

Er würde gelesen werden. Heute im Netz und morgen früh auf Papier in den Haushalten dieser Stadt. Die Kioske würden mit einem solchen Aufmacher guten Umsatz haben und wenn erst die lokalen Radiostationen morgen Vormittag auf den Zug aufsprangen, würden die Abverkäufe der Druckausgabe und Besucherzahlen der Internetseite noch einmal explodieren. Es würde schnell die Runde machen.

Vielleicht erwirkte die Universität noch eine einstweilige Verfügung, aber die Katze war aus dem Sack. Sie wieder dort hineinzustecken würde sie nicht ungesehen machen.

Die Schlacht war geschlagen, doch was danach kam, schien fast egal.

Kreils Füße lagen auf seinem Schreibtisch, den Kopf hatte er in den Nacken gelegt und die Augen fixierten irgendeinen Punkt, hoch oben an der Decke, jenseits der Leuchtröhren. Karin saß ihm gegenüber und aß einen Apfel, doch das bereits seit einer langen Zeit.

Das einzige andere Geräusch war das Ticken einer großen Uhr.

»Vier Tage«, durchbrach Kreil letztlich die Stille, »und schon hast du geholfen, den größten Arbeitgeber der Region zu diffamieren.«

»Manchmal muss man wohl einfach sagen, was man zu sagen hat. Aber ich hatte auch nicht damit gerechnet, die Universität hier irreparabel zu beschädigen.«

Als Kreil lachte, warf sie ihm einen fragenden Blick zu. Endlich hob er den Kopf an und schaut zu ihr.

»Das ist nicht irreparabel.«

»Was meinst du?«

»Die Katze landet auf den Füßen. Wirst du sehen. Vielleicht ohne Kolmen, vielleicht ohne Feuer, aber am Ende landet sie auf den Füßen.«

»Warum dann das alles?«, fragte Karin.

»Weil sie gefallen ist. Sie mag die Landung überstehen, aber wir haben sie daran erinnert, wie es ist, zu fallen.«

»Was wirst du jetzt tun?«

Kreil presste die Lippen zusammen und dachte kurz nach. Dann stand er auf und nahm seinen Mantel von der Stuhllehne. Er trat zu ihr, lächelte leicht, und sagte dann, erstaunlich ernst: »Ich hab noch etwas zu erledigen.«

Sie nickte.

»Wenn du danach einen Platz brauchst, weißt ja, wo ich wohne.«

»Du hast noch einen Umzugskarton für mich übrig?«

»Immer.«

Dann wandte er sich wortlos um und verließ das Büro. Karin aß ihren Apfel zu Ende, warf die Reste auf dem Weg nach draußen in einen Eimer, löschte die Lichter und trat letztlich hinaus in die kühle Nachtluft.

Es hatte aufgehört zu schneien. Kreil war bereits fort.

Heimkehr

Langsam, ganz langsam kämpfte sich Kreils Wagen die Einfahrt hinauf. Es hatte aufgehört zu schneien, doch noch immer waren die Straßen fast unpassierbar gewesen. Die Sonne ging bereits auf und der Himmel hatte teils schon ein helles Blau angenommen, vermengt mit zarten rosa Schlieren.

Vorsichtig ging er die vereiste Natursteintreppe zur Haustüre hinauf, sammelte dort die heutige Tageszeitung ein, ohne die Titelseite auch nur eines Blickes zu würdigen, zückte seinen Schlüssel und trat ein.

Warm war es im Haus. Leise, um niemanden zu wecken, schlich er in die Küche. Alles war sehr ordentlich, alles war geradezu liebevoll aufgeräumt. Er legte die Zeitung auf den Küchentisch, füllte Pulver in einen Filter und schaltete die Kaffeemaschine ein.

Erst während die Maschine lief, legte er seinen Mantel ab, füllte danach eine Tasse, trat wieder leise ins Wohnzimmer und nahm auf der Couch gegenüber der Haustreppe platz.

Dort wartete er auf den Beginn eines neuen Tages.

Nachwort

Dies ist keine wahre Geschichte.

Wohl aber ist es eine Geschichte, die aus wirklichen Erlebnissen geboren wurde. Wer wie ich zu Beginn des neuen Jahrtausends studiert hat, hat eine Reihe spannender Entwicklungen mitgemacht. Die Einführung des Bachelor-/Master-Systems, die Einführung und nachfolgende Abschaffung der Studiengebühren, die Vergabe der Auszeichnungen als Eliteuniversität und die große Diskrepanz zwischen der Qualität ausgezeichneter Forschung und teils mittelloser Lehre im gleichen Haus.

Eine Reihe Versatzstücke dieses Romans gab es wirklich, nur in anderem Kontext. Manches davon banal – die Sakko-Anekdote, die Kreil und Karin online über die tote Ahnig finden, habe ich selbst im Hörsaal erlebt. Aber wir hatten auch mal einen Tag, an dem ein Professor nach den Ferien aufgebracht in den Saal trat und, offenbar noch in Rage über etwas, was er gerade erfahren hatte, mit Worten eröffnete, die ich so niemals in echt zu hören erwartet hatte: »Ich werde euch nun etwas erzählen«, sagte er, »denn ich glaube, wenn ich es euch nun nicht erzähle, wird es nie jemand tun.«

Die Auflösung mit den Raketen kommt auch nicht ganz von ungefähr; die Geschichte eines HiWis, der nach Monaten feststellt, dass seine Stelle an der Uni offenbar der Waffenforschung dient, wurde mir auch aus zweiter Hand kolportiert. Diese Erzählung vermischte sich für mich mit einem der prägendsten Momente der Erkenntnis, die je für einen Thriller gedreht wurden – der Moment, in dem Robert Redford in »Die drei Tage des Condor« die letzten Puzzlestücke endlich zusammengefügt bekommt –, und plötzlich wusste ich, dass Kreil mit seinem alten Freund an diesem Bahnsteig enden musste.

Mir ist auch klar, dass weder die Polizeiarbeit noch der Alltag der Journalisten in diesem Buch viel mit der Wirklichkeit zu tun hat. Nie war das Absicht. Aber Darknet, GTAZ, HTV 2, GLONASS, die zivile GPS-Funktion, bei Verdacht auf Raketennutzung abzuschalten – all diese Elemente sind real. Das Gesamtwerk jedoch, das ist und bleibt Fiktion. Dies war anfangs auch keine aktuelle Geschichte.

Aber irgendwie sie ist es geworden. Die Idee mit der Campus-Erweiterung kam mir, als wir mit Freunden auf einem Gebiet grillten, das offenbar seit Jahren ungenutzt der RWTH gehörte. Ich fand die Idee spannend, dass sie dort irgendwann wilde Bauvorhaben starten könnten – und heute, noch bevor dieses Buch erschienen ist, erwuchs dort das neue Campus-Gelände der Stadt.

Doch auf herbste Weise hat die Realität mich bei den Russen eingeholt. Als ich dieses Buch konstruierte, ja selbst als ich die erste Fassung schrieb, waren die Russen, die hier thematisiert wurden, das Feindbild alter Ian-Fleming-Romane. »Was ist zeitgemäß?« ist ein Thema, was dieses Buch immer getrieben hat. Wie zeitgemäß ist Journalismus, wie zeitgemäß sind die dafür verwandten Medien; viele Figuren in diesem Buch suchen nach ihrem Platz in der Welt. In diesem Sinne war der Gedanke, etwas mit menschlichen Ressourcen des Kalten Krieges zu machen, die nun genauso unzeitgemäß geworden schienen, die Grundlage, aus der Sokolow entstand.

Ich schreibe dieses Nachwort 2015 und es ist bitter klar, wie unwahr meine Einschätzung war. Die Krim-Krise passierte während der letzten von vier oder fünf Überarbeitungen, prägte das Buch jedoch in vielen Aspekten noch einmal völlig um. Nie war meine Absicht, etwas anderes als Unterhaltungsliteratur zu schreiben, doch es ist schwer, als Autor die Handlung dieses Buches nicht zumindest mit einem ernsten Auge zu sehen, wenn zugleich in den Nachrichten und den sozialen Medien von Annexion, Tripwire-Einheiten und der Schnellen Eingreiftruppe der NATO berichtet wird.

Dies ist dennoch noch immer keine wahre Geschichte.

Die Universität in diesem Buch *ist nicht* die RWTH, die Stadt *ist nicht* Aachen. Der Konflikt mit den Russen betrifft auch nicht *unser* Russland, sozusagen. Dieses Buch ist ein Unterhaltungsroman, wurde als solcher Konzipiert und schließlich als solcher beendet.

Und ganz in diesem Sinne hoffe ich, dass er seine Aufgabe erfüllt hat und zu unterhalten wusste. Vielleicht hat *Schleier aus Schnee* am Ende des Tages sogar mehr Leitmotive, als dem Buch gut tut, aber zugleich war es einfach eine Geschichte, die ich erzählen *musste*. Sie lag mir auf dem Herzen.

Ich hoffe, sie hat gefallen.

Und somit hoffe ich, wir lesen uns eines Tages in einem anderen Werk von mir wieder.

Thomas Michalski
Aachen, Juli 2015

VERFLUCHTE EIFEL

Dunkle, schaurige Wälder und geheimnisvolle, im Nebel verborgene Moore – die Eifel kann ein sehr gruseliger Ort sein. Das merken auch immer wieder Fremde, die sich in diese kalte und regnerische Region wagen.

Verfluchte Eifel vereint zwei schaurige Novellen in einem Band. Beiden ist gemein, dass sie auf nicht umgesetzten Filmkonzepten einer lokalen Filmgruppe basieren. Sie schildern die Eifel von ihrer bedrohlichen und mysteriösen Seite, fußen aber auf der Realität.

Ursprünglich 2010 erschienen, ist noch für 2015 eine überarbeitete Neuauflage des Buches geplant.

Geschichten aus Condra:
Die blaue Gans

Das Leben ist hart in Condra. Ein karges, schroffes Land, in dem die Sommer verregnet und die Winter eiskalt sind. Viele Geschichten erzählt man sich über diese Region, manche sind vielleicht erlogen, doch in jeder steckt ein Funken Wahrheit.

Es sind Geschichten von einem kleinen Volk, dass zu seiner Stärke fand, als es übermächtigen Feinden trotzen musste, es sind Geschichten über Einigkeit und Verrat, Glauben und Betrug, Geschichten von Helden und Halsabscheidern – und all dies nicht selten vereint in ein- und derselben Person.

Dieses Buch vereint sieben Kurzgeschichten von sieben Autoren, angesiedelt in der fiktiven Welt Condra. Jeder der Geschichten kann für sich alleine gelesen werden und gibt jeweils einen ganz speziellen Einblick in die Region und ihre eigenwillige Bevölkerung.

Liest man jedoch alle sieben Geschichten aufmerksam, so findet sich noch ein weiteres Körnchen Wahrheit zwischen diesen Zeilen – die wahre Geschichte der blauen Gans, einem der größten Halunken, die Condra je gesehen hat.

Manuela Sonntag
B(R)UCHSTÜCKE

Für den Leser – und auch manchmal für den Autor – ist eine Kurzgeschichte ein Fenster in eine größere Erzählung. Ein helles Spotlight, das nur einen kleinen Teil eines Lebens, einer Handlung oder einer Idee beleuchtet und den großen Kontext im Dunklen lässt.

Wenn wir eine Kurzgeschichten-Sammlung lesen, schlendern wir also eine bunte Schaufensterpassage entlang - hinter jedem dünnen Glas eine neue Idee, ein neues Bild, eine neue Geschichte, von der jede das Potenzial in sich tragen könnte eine große, eigenständige Saga zu werden.